JN002399

José Saramago

A Viagem do Elefante

象の旅

ジョゼ・サラマーゴ

木下眞穂 訳

書肆侃侃房

もしも、ジルダ・ロペス・エンカルナサンがザルツブルグ大学でポルトガル語を教えていなければ、もしも、私がそこの学生たちとの交流会に招かれていなければ、もしも、ジルダが「象」という名のレストランに私を招待してくれなかったら、この本は存在していなかった。あの夜、何か定かでない運命がモーツァルトの街で引き寄せ合って、私に「あれはなんですか」と訊ねさせたのだ。「あれ」とは、店内に並べられた小さな木製の彫刻のことである。列の端には、リスボンのベレンの塔があった。それに続いてさまざまなヨーロッパの建造物や史跡が並んでいたのだが、それは明らかに何かの旅程を示していた。そして、あれは象の旅程である、十六世紀、正確には一五五一年、ジョアン三世の治世時にその象はリスボンからウィーンまで連れてこられたのだ、と教わった。ここに物語があるとぴんと来た私は、ジルダ・ロペス・エンカルナサンにそう伝えると、彼女も、そう思う、あるはずだと答え、必要な史料を収集するのを手伝いましょうとその場で申し出てくれた。その結果がここにあり、これは、あのとき幸運にも私と食卓を共にしてくれた彼女に大きく、非常に大きく依るものなので、彼女には私の感謝を伝えるとともに深い敬意を捧げたい。

ジョゼ・サラマーゴ

A VIAGEM DO ELEFANTE
Copyright © 2008, José Saramago
All rights reserved
Japanese translation published by arrangement with
Pilar del Río and Violante Saramago Matos
c/o The Wylie Agency (UK) LTD

Funded by the DGLAB/Culture and the Camões, IP – Portugal
本書は、ポルトガル政府の出版助成制度から助成を受けて出版された。

REPÚBLICA PORTUGUESA
CULTURA
DIREÇÃO-GERAL DO LIVRO, DOS ARQUIVOS E DAS BIBLIOTECAS

CAMÕES
INSTITUTO DA COOPERAÇÃO E DA LÍNGUA
PORTUGAL
MINISTÉRIO DOS NEGÓCIOS ESTRANGEIROS

装丁　成原亜美（成原デザイン事務所）
装画所蔵　Victoria and Albert Museum
（17 世紀にムガル帝国で描かれた作者不詳の絵）

私を死なせなかったピラールに

結局、われわれは待たれた場所へとたどり着く。

旅行記

象の旅

気を払わぬ者にはぴんとくる話ではなかろうが、それが教会あるいは俗世の民に祝福されたものであろうとなかろうと、閨房《けいぼう》は国政にとってたいへん重要な場所であり、これから語らんとする象のオーストリアへの壮大な旅の初めの一歩とは、そろそろ床に就こうかというポルトガル国王夫妻の寝室で踏み出されたのである。床に就く、などという薄ぼんやりとした言葉を使うのには意図がある。というのも、こういうもってまわった言いまわしによって、どこか卑しさを感じさせ、たいていの場合は滑稽な、肉体的および生理的な行為を仔細に綴ることを上品に避けられるだけでなく、委細を文章に残してしまえば、ポルトガル国王にしてアルガルヴェ国王でもあるジョアン三世［レコンキスタ完了後の国王の称号。アルガルヴェとは、ポルトガル南部地域とアフリカ領土を擁する意味］と、その妻であるカタリナ・デ・アウストリア、将来アルカセル・キビールの戦い［一五七八年、モロッコのアルカセル・キビールで行われたポルトガル対スルタンの戦い。この戦いでポルトガル王セバスチャンは子どもを残さず死亡したため、その後スペイン王が統治することとなり、実質的なスペインへの併合は一六四〇年まで続いた］に挑み、最初の、あるいは二度目の戦闘で戦死したとも戦闘前夜に病没したともいわれる、かのセバスチャン国王の祖母となる女性にとっては厳粛なカトリシズムを汚すこととなってしまうからだ。国王は眉をしかめてこのように王妃に話しはじめた。少々気にかかることがあるのだが。いかがされました、陛下。我が従弟のマクシミリアンの婚儀の祝いに四年前に贈った物だがね、あれは彼の家柄にも功績にもふさわしい物ではなかったのではなかろうかと常々思っていたのだが、ちょうど今、彼はスペインの摂政として目と鼻の先のバリャドリードにいることでもあるし、何かもっと高価な、その目を驚かせるようなものを贈ろうかと考えておるのだが、どうだろう、妃よ。聖体顕示器がよろしいですわ、陛下、あれならば高価ですし、宗教面を考えましても、徳の釣り合いがちょうどよろしくて、これまでもたくさんの方々に喜ばれておりますもの。我らが教会［ポルトガルはローマ・カトリック教会を国教としていた］はそこまで自由ではなかろう、教会の底知れぬ記憶力には、従弟マクシミリアンがルター派の宗教改革の肩を持った告白をしたことが根深く留まっているはずだ、いやあれはルターだったかカルヴァンだったか、いつもどちらか分からなくなる、という国王の言葉が耳に入るや、王妃は、退け悪魔よ、と叫ぶなり十字を切って、そこまでは考えが及びませんでしたわ、明日は朝一番でお祈りをせねばなりません、と言った。明日は、などとなぜわざわざ言うのだ、妃よ、告解ならば毎日しているではないか、と国王に問われた王妃は、わたくしの声帯に悪魔が忌まわしいものを植えつけようとしているのですわ、だってほら、まだ喉が焼けつくようですの、ここを地獄の炎がかすめていったみたいに、と答えた。王妃の大仰な物言いはいつものこと、国王は肩を軽くすくめただけでオーストリア大公マクシミリアンが満足するような贈物を探り当てる困難な仕事に戻った。すると王妃が祈りを一つ呟き、次の祈りに取りかかろうとしたところで、ソロモンがおりますわ、と頓狂な声を挙げたものだから、なんだって、と国王はなんでまた突然にイスラエル王の名が出てきたのかと驚いた。そうですわよ、陛下、象のソロモンです、と繰り返す王妃に、だから象をいったいどうせよと言うのだ、といささかむっとして国王が答えると、お祝いですよ、あなた、結婚のお祝いですってば、と王妃は勢いよく立ち上がって興奮を抑えきれぬ口調で言った、結婚祝いにぴったりですわ。国王はゆっくりと三度頷くと、一度止まってさらに三度頷き、おもむろに同意した、それは面白い思いつきかもしれぬ。面白いどころではありませんわ、よい思いつき、とても素敵な思いつきですわよ、といくぶん反抗的な口調で王妃は言い返すと焦れた態度を隠しもせず言った、あの動物がインドからやってきて二年は経っておりますけれど、食べては寝ての繰り返しでほかにはなんにもしないじゃありませんか、それなのに水樽はいつもいっぱい、飼葉は山と要るのでしょう、無能な獣を鎖につないでいるだけじゃありませんの。あれを責めるのも酷だろう、ここではあれが役に立つ仕事がないのだから、そう、テージョ川の造船所にでも連れていき、板でも運ばせないかぎりはな、それだってあの動物には苦役だろう、くるりと曲がるあの鼻が運びやすいのは板よりも枝だろうからな。だったらウィーンに送っておしまいなさいな。だがどうやって。そう訊ねる国王に答えて、そんなことはこちらが考えることではありませんわ、従弟のマクシミリアンが飼い主になれば、そこからはあちらに考えていただきましょう、彼はまだバリャドリードなのかしら、と王妃は言った。いないという報告は受けておらぬな。バリャドリードまでは、もちろんソロモンは歩いて行かねばなりませんわね、立派な四本脚を持っていることですし。ウィーンまでだって同じことだろう。遠いこと、と王妃は言い、遠いな、と国王も同意して重々しく言い添えた、明日、従弟のマクシミリアンに手紙を書くとしよう、向こうが受け入れると言えば、日にちを定めて諸々の調整をせねばならぬ、いつごろ従弟はウィーンに向けて出発するのか、リスボンからバリャドリードまでソロモンはどれくらいで到着するか、などだな、そこから先はわれわれの知るところではない、そこで手を引こう。ええ、手を引きましょう、そう王妃も言ったのだが、実はその胸の奥では相違う思いが戦っていた、あまりに遠い土地の、あまりに見知らぬ人々の中にソロモンをたった一人で行かせるなんて、とふいに痛みを覚えたのである。

　翌朝早く、国王は秘書官のペロ・デ・アルカソヴァ・カルネイロを呼び、口頭で手紙の内容を伝えて筆記させてはみたのだが、一通目はうまくいかず、それどころか二通目、三通目にも失敗し、結局は秘書官の手腕に全面的に頼らざるをえなくなった、というのも、この秘書官、名をアントニオ・カルネイロといった父親の死により、今は彼が相続しているが、往時は父のものであった当時最高の教育を施していた学校で修辞法を習得し、貴族が交わす書簡の定型にもよく通じているのだ。手紙は書法も論法も完ぺきに仕上がった。象が大公のお気に召さない可能性についてもそつなく触れつつ、人間は象の一部からできたという人もいるぐらいで、神の創造物はみな同じ、生きとし生けるものはみな兄弟ということからも、象という動物が象徴し、内包し、世俗性を表すものからも、ソロモンほど価値の高いものはこの国のどこを探しても見当たらない、などとポルトガル国王に断言されては、贈物が気に入ろうと入るまいと、オーストリア大公が否と言うのは至難の業であったろう。書簡を封蠟で閉じると、国王は、最も信頼をおく主馬頭を呼んで書簡伝達の務めを任じると同時に、この重大な任務を負うにふさわしいと思う護衛を選んでおけと命じた。国王は、その手に接吻する主馬頭に神託を授けるかのごとき厳かさで謎めいたことを言った、速きこと北風のごとし、確たること鷲の飛翔のごとし、だぞ。承知つかまつりました、陛下。それから、と国王は口調を変えて現実的な忠告を与えた、宿場で馬を代えるのに遠慮は無用、宿場はそのためにあるのだ、倹約に励むときではないのだから、宿場では用意をしかとしておくように伝えておく、それにだな、ついでに申しておくが、時間を節約するためにカスティリャへの道中は駆ける馬の上で眠ることも覚悟しておけ。主馬頭は王のいたずらな笑みが意味するところを理解しなかったのか、あるいは聞き流すことにしたのか、陛下のご命令は漏らさず遂行いたす所存でございます、我が命に賭けましても、と、ただそれだけを言うと、三歩ごとにお辞儀をし、後退しながら下がっていった。あれ以上の主馬頭はおらぬな、と国王は言った。国王御自ら選ばれたのでございますから、あれ以上の主馬頭が見つからぬのは当然のこと、と口の端まで上った世辞を秘書官は引っこめた。似たような世辞をつい数日前に口にした覚えがあったからで、父の言葉が記憶に浮かんだのだ、息子よ、気をつけよ、同じ世辞を繰り返すのは相手の気をそこねる、謗られているのかとも思われかねないぞ。ということで、秘書官は、主馬頭とはまた別の理由で、同じく余計なことは言わずにおくことにした。その刹那のことであった、国王はその朝目覚めるや頭に浮かんだことを初めて口にした、どうだろう、ソロモンを見に行こうと思うが。護衛の者をお呼びいたしましょうか、と訊ねる秘書官に国王は答えた、いや、小姓が二人いれば足りる、一人は遣いに行かせるために、もう一人はその者がなかなか戻らないときに見に行かせる役割だ、ああそれから秘書官、貴公にもご同行願い申す。陛下、それはわたくしめなどにお使いになるには過ぎたお言葉遣いでございます。いやいや、貴公にはさらに位の高い言葉が必要なほどだ、今や天上の人となられた父上と同じく。父の手と同じく、陛下の御手に愛と敬意をもって接吻させていただきます。それこそ、余などには過ぎた言葉である、と国王が笑みを見せると、いやまったく、陛下ほど弁の立つお方はおられません、と秘書官が答えた。余が誕生したときに祝いに駆けつけた妖精どもも、文才は授けてくれなかったようだがの。この世の人すべてに文才が入用というわけでもございますまい、今日という日に象のソロモンをお訪ねになるということは、後年には詩的な行為であったと言われることでしょう。詩的な行為とはなんぞや、そう国王に訊ねられ、それを解する者はおりませぬ、と秘書官は答えた、その行為がなされたときに、われわれはそれと知るのでございましょう。だが、余は、今のところはまだ、ソロモンを訪ねようかと告げただけであるぞ。それが国王陛下の口から発せられたということこそが重要なのでございます。そういう言い回しを、修辞法的には皮肉と呼ぶと耳にしたことがあるな。それは大変な失礼をいたしました。よし赦す、秘書官よ、貴公の罪がどれもこれくらいの軽さであれば、天上には貴公の場所が用意してあるに違いない。とはいえ、今は天に行くには格好の時期ではありませんな。どういう意味だ。異端審問でございます、陛下、もはや告解も無罪宣告も、天上への通行許可証の発行には無関係です。異端審問はキリスト教徒たちを一つにまとめる、それが目的だ。神聖な目的でございます、陛下、そこには疑問の余地はございません、あとはそれをいかにして達成するかでございましょう。目的が神聖であるならば、聖人たちも役に立つ手段となろう、そう言う国王の言葉にはいくぶん険しさがあった。失礼ながら、陛下、ここは一つ。ここは一つ、なんだ。ソロモンをお訪ねになるとのことですが、随行のお役目をご勘弁いただけますでしょうか、本日のわたくしめは陛下にとりまして快き従者ではないかと。ならぬ、象の囲いを訪《おとな》うのに貴公にはぜひともいてもらわねば困る。それはまたなぜ、とお訊ね申し上げても礼を失するのでないのならば、理由をお聞かせください。心許ないからだ、さきほど申した詩的な行為というものが事実なされたか否か、余にはわからぬかもしれぬからな、薄笑いする国王の口髭と顎鬚に覆われた口元はいかにもあくどく、悪魔的ですらあった。なんなりと陛下のご随意に。朝の五時だ、宮殿の出口には馬を四頭用意せよ、余が乗るのは頑丈で大きく気性の穏やかなのがよい、昔から乗馬は不得手でな、歳を取ってますますだ、まあ持病もあるしこの歳では仕方あるまい。承知いたしました。それから小姓たちもよく吟味して選ぶのだ、何をやってもくすくす笑うばかりのはかなわん、首根っこをへし折りたくなる。承知つかまつりました、陛下。

　結局出発は五時半となった、というのも遠出の支度をしていることを察した王妃が自分も行くと言い出したからである。ソロモンの囲いがあるベレンに行くぐらいでわざわざ馬車を用意させることもない［当時の王宮からベレンまでは約五キロ］と説いて聞かせるのは一苦労であった。王妃は馬に乗って行くのは気が進まぬだろうと、もはやどんな懇願も受け付けぬ断固とした口調で国王は言った。あからさまに同行を禁じられた王妃は、仕方なく引き下がりながらもくどくどと呟いていた、ポルトガルの、いえ世界のどこを探したところで、わたくしほどあの子を側に置いておきたいと願っている者はおりませんのに、と。王妃の内で相反する気持ちがむくむくと大きくなっているのが見て取れた。インドで哀れにも報酬もなく何年もただひたすらにきつい仕事をこなしてきた無垢な動物のことを鎖につながれた獣など、あまりに侮辱的な呼び方をしてしまってからというもの、カタリナ・デ・アウストリアの心の内には悔悟の念がつのり、うわべだけにせよ、主人、つまりは夫である国王に対して、つい憎まれ口をききたくなるのであった。とはいえ、そんな諍いも所詮はコップの中の嵐、他愛もない夫婦喧嘩であって、携えてくる返答がどういうものであれ主馬頭が戻ってくればあっけなく収束する程度のものだ。大公が象をもらい受けると答えれば、問題はおのずと解決する、というか、ウィーンまでの旅をどうするかという問題は手を離れるし、拒否されれば、落胆も失望も幻滅もあるが、そんなものは庶民にとっては日々のパンと同じもの、それでも人生は続く、と、千年前から何かにつけて民衆が呟く言葉を国王も呟くほかあるまい。ソロモンはこれから何が自分を待ち受けているかなど知る由もなかった。ソロモンの運命を左右する使者、主馬頭はバリャドリードに向けてすでに馬上の人となっていたのだが、馬に乗りながら眠るという無茶をすでに試みてそれはあきらめることにしており、一方で、ポルトガル国王はといえば、秘書官と小姓という最少人数の側近とともに、ジェロニモス修道院とソロモンの囲いの前のベレンの浜に到着するところであった。時間をかければ、宇宙の万物は互いにうまく収まっていくものである。象はそこにいた。アフリカの仲間よりは小ぶりと思われるが、それでも、汚れの層に覆われながらも、その下にはかつて逞しかった身体があることは窺い知れた。あの動物はなぜあれほど汚いのか、と国王は訊いた、世話係はどこにおる、世話をしてやる人間はいるのであろう。男が一人近づいてきたのだが、彼のインド式の衣服は、もはやぼろ布と化しており、二年前に象に伴ってきた当時から着たきりで、今や申し訳程度にしか残っていないそのぼろの上にインドとポルトガルの衣服の切れ端をくっつけた布をなんとか羽織っているありさまだった。この男こそ、象遣いである。象遣いめ、国王に気づいておらぬな、と即座に見ぬいた秘書官は、この状況下では、陛下、これがソロモンの世話係でございます、インドのお方、こちらにおわすのがポルトガル国王ジョアン三世陛下、いずれ敬虔王と呼ばれる王である、などと型通りの紹介はできないとふんで、小姓たちを円形囲いまで走らせて、そわそわしている象遣いに、険しい目つきの鬚面の男が何者であるのか、つまりは国王であるぞと告げさせた、すると、まさかの凶報に象遣いは雷に打たれたように一瞬身を凍らせ、脱兎のごとく逃げ出そうとしたが、小姓にぼろ衣をはっしと握られ柵のところまで引っ張られてきた。柵の外側に立てた簡素な梯子に上って苛立ちと嫌悪の眼差しでこの一幕を眺めていた国王は、この野蛮な厚皮動物、そう遠くもない日に神の思し召しで気取ったウィーンに悪臭漂う排泄物を落としてくれるであろう、背丈四コヴァド［当時の長さの単位で、一コヴァドは約六六センチ］の滑稽な長鼻動物を朝も早くから訪ねてみようなどという感傷につい動かされてしまったことを悔やんでいた。そもそもは秘書官のせいでもある、彼が口にした詩的な行為とかいう文言がまだ国王の頭の中をぐるぐると巡っていた。思わず秘書官を恨めしくにらみつけると、当人は、王の意図を見たりとでもいうようにこう言った、詩的な行為でございますな、陛下がここまでお越しになるとは、象などはただの口実にすぎませぬな。国王はだれの耳にも届かないような言葉をもぐもぐと呟いたが、それから断固とした口調で告げた、その動物を今すぐ洗わせよ。その瞬間、ああ自分は王、まさに国王なのだと彼は感じたのだが、君主となってこの方、このような物言いをしたことがなかったことを思えば、その感慨も理解できるというものだ。小姓が象遣いに国王の言葉を伝えると、象遣いは、道具らしき物と、彼以外のだれにも用途のわからぬ物がしまってある差し掛け小屋に駆けていった。小屋の脇にはむき出しの梁の上に瓦を載せただけの板張りの建物があったが、おそらく象遣いはそこで寝泊りしているのであろう。樽から大きなバケツに水を注ぐと、男は長い柄つきのたわしを手に、作業を開始した。象は見るからに喜んでいた。水と、ごしごしこすられていることで、インドの川やざらざらした木の幹など、楽しい記憶が呼び覚まされたに違いない、それが証拠に三十分はゆうに超える間ずっとこすられながら、象は麻酔にでもかかったかのように太い脚で立っていた。身体を清潔にするのは大いなる美徳であるとは誰もが知ることであり、さっきまでとはまるで別の象が現われても驚きはしなかった。水とたわしで勢いよくこすられて、それまで皮膚を覆いつくしていた汚れが洗い流されたソロモンは、まことに堂々とした、というか、数刻前よりはいくぶん堂々としたその姿を現わした。ソロモンとその仲間のアジア象の皮膚は、茶みがかった灰色で厚く、点々と染みがあり体毛が生えているのが特徴なのだが、これについては象自身も残念に思っているのであって、与えられたものを受け入れて満足せよ、ヴィシュヌ（ヒンドゥー教の神）に感謝せよと常々自分に言い聞かせていることである。奇跡を期待しているか、あるいは洗礼を受けているかのようにソロモンは自分を洗わせたが、結局現れ出たのは染みと体毛だった。象を最後に見たのはすでに一年以上も前のこと、詳しいところまでは記憶になかった国王は、目の前の象を見ても何一つ喜びを感じなかった。切らずにおかれた象の門歯は弧を描いてつやつやと白く、あたかも二本の剣のごとくであった。ところが、ついさっきまで、これでカルロス五世の婿であるマクシミリアンに良いものを贈れるぞと有頂天になっていたポルトガル国王にしてアルガルヴェの王は、ふいに階段から転がり落ちて、あんぐりと開いた恥辱の穴に落ちていくような恐怖を覚えた。この時、国王は自分に問うたのである、大公が象を気に入らなかったらどうする、なんと醜い動物だ、と。象を知らずに贈物を受けると大公が言ったとすれば、もしかしたら送り返してくるかもしれぬ、そんなことになれば、ヨーロッパ中から憐憫あるいは皮肉の目で見られるだろう、そんな恥辱に耐えられるだろうか。どうだ、この動物はどう見える、と、国王は唯一の頼みの綱である秘書官に訊ねてみた。陛下、美醜は相対的なものでございます、フクロウ（ポルトガル語で親ばかの意味）の目にはフクロウの雛は美しく映るでしょう、そして今、わたくしめの前におりますのは、アジア象の全般に照らして言いますと、これはたいそう立派な象でありましょう、体毛も身体の染みも、この象ならではのこと、大公の御目を楽しませ、ウィーンの宮廷と市民だけでなく、通りすがる村や町の住民をも魅了してやまぬことでしょう。ほう、と国王は安堵で一息つくと、そう言われるとそうかもしれぬな、と言った。そう願います、陛下、わたくしめは人間のことであればいろいろ存じているという自負もございますが、これまでの経緯から見た通りにオーストリア大公が計算高いお方であるならば、体毛と染みだらけのこの象を政治の道具としてお使いになるでしょうな。ここから余を下ろしてくれ、話が複雑で目が回ってきた。国王は、秘書官と小姓二名の手を借りて、さっき上った梯子のわずか数段を難なく下りた。両足の裏に固い大地を感じて深々と息をつき、これといった理由もなく、いや、この時代には科学がそこまで発達していなかったから理由がないと言いはするが、おそらくは血中酸素が増幅し脳内の血流が再びよくなったことが理由であろう、普段であれば思いつきもせぬことを国王は言い出した。この男、こんなぼろ着のままでウィーンにやるわけにはいかぬぞ、衣服を二通り、用意してやれ、一着は象に乗って旅をするための作業着、もう一着はこの国の代表としてオーストリア宮廷に赴くときの衣装だ、豪奢である必要はない、だが送り込んだ我が国の威厳を保つくらいの衣服でなければならぬ。すぐにでも作らせましょう、陛下。ところで男の名はなんという。小姓の一人が男に駆け寄り名を訊ね、戻ってくると秘書官にだいたいこんな感じだろうという名を答えた、スブッロ、だそうでございます。スブロ、国王はオウム返しに呟いて、けったいな名前だな、と言った。陛下、スブッロです、少なくとも本人はそう発音しております、と秘書官が正した。ポルトガルにやってきたときに、ジョアキンとかいうこの国の名にでも変えさせておくべきだった、と国王は小さく言った。

それから三日後の夕方、道の埃をかぶってだいぶ光彩を失い、当然の成り行きとして馬も人間も汗まみれ、悪臭ふんぷんたる主馬頭が護衛と共に宮廷の入口前で馬を降り、埃を払ってから階段を上って控えの間まで入ってくると、侍従長が慌てて駆け寄ってきた。この侍従長という肩書、この時代にそのような職が実在したのか定かではないと読者諸賢にはご承知おきいただきたい、自惚れと建前のへりくだりが渾然一体となった匂いを発散させているこの男にはいかにも似合いの肩書なので、侍従長という名称を使うこととする。大公の答えを早く知りたくて急いている国王は、到着したばかりの主馬頭を近くに呼んだ。そのときはカタリナ王妃も広間にいた、この時代にしては卓越したことに、王妃は、夫である国王の意向により、定期的にさまざまな会議に同席し、なおかつ単なる傍観者としてふるまったことは一度もなかったので、その場に王妃もいることを意外に思う者はいなかった。王妃が一刻も早く手紙の内容を知りたがっているのにはほかにも理由があった、まずありえないこととは思いつつも、遣いが持ち帰ったマクシミリアン大公の返事がドイツ語でしたためてあるかもしれないという淡い期待を胸に抱いているからで、そうなれば、通訳でしたらすぐさまお役に立てる者がここに、と名乗り出ることができるからだった。王妃が口ごもっている間に国王は主馬頭から書簡の巻紙を受けとり、自らの手で大公の紋章入りの封蠟をはがし、結んであった紐をほどくと、さっと一瞥してラテン語だなと見てとった。さて、ジョアン三世と呼ばれるこのポルトガル国王は、若い時分にかじったラテン語は読めぬでもなかったが、国王たる者が、心許なげだったり、口ごもったり、誤った解釈を述べたりするような姿を衆目に曝すわけにはいかぬ、という意識は充分すぎるほどに持ち合わせていた。この国王が抜け目なく頭の回転も速いことは、ここまでで我々にもだいぶわかってきたところだが、それらを働かせている間に秘書官がさりげなく、二歩前へと進み出て王の言葉を待った。そこで、予行練習でもしてあったかのような間合いのよさで、国王は秘書官に申しつけた、手紙をポルトガル語へと訳しながら読みあげてはくれまいか、我らが愛しき従弟のマクシミリアンは象のソロモンという贈物をどうするか返答しているであろうから、すべて読むことはない、とりあえずは要旨をかいつまんで教えてくれ。承知いたしました、陛下。秘書官は書簡にざっと目を通して、当時の書簡用文体のしきたりで雨後に生えるキノコのごとくあちこちにはびこる形容詞ともったいぶった文言をかきわけると、奥から肝心の言葉を見つけ出した。そして翻訳ではなく、ただ一言報告した、オーストリアのマクシミリアン大公はポルトガル国王からの贈物を感謝とともに受けとられるそうにございます。口髭と顎鬚で毛むくじゃらの国王の口元が満足気にほころんだ。王妃も同じくほほ笑むと同時に両手を握り合わせ、まずはオーストリア大公に、次には全能の神に感謝を捧げた。王妃の心中で争っていた矛盾した思いはすでに決着を見ており、要するに、だれも運命からは逃れられないわ、というありきたりの結論にたどりついていた。秘書官はふたたび口を開いて、流れ出るポルトガル語の響きの中に宮廷風にラテン語の重々しさを織り交ぜながら、書簡にしたためてあった内容を伝えた。ウィーンへと出発される日取りは未定とのこと、おそらく十月半ばとなりましょうが、不確かであられるとのことでございます。もう今は八月の初めじゃありませんの、と王妃は言わずもがなのことを口にした。大公殿のお言葉によりますと、もし陛下がよろしければ、スレイマンをバリャドリードに送る日はウィーン出立直前でなくても支障ないとのことでございます。スレイマンとはなんだ、国王はむっとして言った、まだ象はやっていないのに、早速名前を替えおったか。スレイマンでございます、陛下、オスマン帝国のスルタンの。秘書官、貴公がおらねば余は何もできぬ、いつのときでも余を導くその見事な記憶力が助けてくれねば、そのスレイマンとは何者かついぞわからずじまいだったことであろう。失礼いたしました、陛下、と秘書官は謝罪した。その場のだれもが互いに目を逸らし、気まずい沈黙が流れた。秘書官の顔は、さっと赤らみ、今は土気色になっていた。謝るのは余のほうだ、と国王は言った、事実、余が悪かった、良心の咎めで謝罪しているのではないぞ、赦してくれ。陛下、ペロ・デ・アルカソヴァ・カルネイロは思わずどもっていた、わたくしめなぞ、どなたにも赦しを与えられるような人間ではございません。貴公は余の秘書官であり、その秘書官に余は無礼な口をきいたではないか。どうか、どうか、陛下。国王はそれ以上言うなと手で制止し、沈黙ののちにようやく言った、ソロモンだ、あの象はここにいる間はソロモンと呼ぶこととせよ、大公にあれを贈ると決めたときから、われわれはだいぶ振り回されたが、それでも、胸の奥では、あれを他所にやりたいと願う人間はおるまい、不思議なものだ、膝の上で喉を鳴らす猫でもなければ、われわれを創造主であるかのごとく崇める犬でもない、それでもここではみなが胸を騒がせ、痛めておる、まるで我が身から何かを引きはがされたかのような心持ちだ。わたくしどもの胸の内を、陛下は今、すべておっしゃってくださいました、と秘書官は言った。話を戻そう、バリャドリードにソロモンを送り出す件についてはどこまで話したのだったか。大公の書簡には、ソロモンを周囲の人間や環境の変化に慣らすことを考えますと、あまり遅くないほうがよろしいかと、ラテン語ではそうとは明確には書かれてはおりませんが、ここで目を通しました限りにおいては、かように読み取れます。それ以上はその頭を悩ませずともよい、余も理解した、と国王は言うと、一分ほど考えて付け加えた、主馬頭、貴公が陣頭に立って隊を組んでくれ、象遣いの助手を二名、水と飼葉を運ぶ要員を数名、水樽を載せる荷車を牽く牛も必要だろう、我がポルトガルではソロモンが喉を潤し、ぬかるみで転がれる川辺を見つけるのに不便はないが、カスティリャではそうはいかぬ、あそこは日に曝された骨のごとく乾ききっておるからな、それに、しまいには、騎馬隊が現れて我らがソロモンを奪いに来ないとも限らぬ、主馬頭は道中から遂次秘書官に経過を伝達するように、秘書官にはこのような面倒事に巻き込んでしまってすまぬがな。面倒事などであるものですか、陛下、わたくしめの仕事は国家に尽くすこと、本件は、まさに国家の財産の譲渡に関与いたしますゆえ、まさにわたくしめの任務かと。ソロモンは、自分が国家の財産であるなどとはゆめゆめ考えてはいるまい、と国王は口の端を少し上げた。願わくは、飼葉も水も天から降ってくるものではないのだと、ソロモンにもわかってもらいたいものでございます、陛下。わたくしには、と王妃が割って入った、ソロモンがいつ出立したかなど、そういう報告は断じてせぬように、これは命令です、訊ねたいと思えばわたくしから訊ねます、そのときにだれかが答えるように。最後はほとんど泣き声となって言葉になっておらず、王妃は喉が急に締めつけられるのを感じた。王妃が人前で泣き出すなど由々しきことで、その場にいる者は目を逸らし見ぬふりをするのが礼節というものである。国王も、秘書官も、主馬頭も、礼節に従った。それから王妃が退室し、ドレスの裾が床をすべる衣擦れの音も消えたころ、国王が思い出したように言った、あれはまさに余が言っていたことなのだ、われわれはソロモンに行ってほしいなどとは思っておらぬ。陛下、お心変わりをなさるのであれば、まだ間に合います。心はすでに変わっておる、だがもう遅い、ソロモンはすでに出発しているのだ。陛下には大事なお仕事がたくさんございます、象などでお心を悩まされますな。象遣いはなんという名だったか、と国王は唐突に訊ねた。スブッロだったかと。どういう意味だ。存じませんが、訊いておきましょう。訊いておけ、どういう人間の手でソロモンが連れていかれるのか承知しておきたい。お言葉ですが、これまでと代わらぬ手でございます、陛下、象はインドからあの者と共にやってきておりますから。遠くにいるのと近くにいるのとでは、かほど違うものか、これまであの男の名など訊ねようと思ったこともなかったが、今は知っておきたい。お察し申し上げます。一を言えば十をわかる、まこと貴公はたいした男だ。父の教えのおかげかと思いますが、その点、陛下も同様にわたくしめに多くの教えを授けてくださいました。そういう類の誉め言葉は一見価値がないことが常だが、貴公の父上と並び賞されるとなると話は別だ。そろそろ下がらせていただいてもよろしいでしょうか、陛下。よい、仕事をしてまいれ、よいか、象遣いに衣装を用意してやるのだぞ、あれはなんという名だったか。スブッロでございます、陛下、あいだにHが入りますので。さようか。

　この会話から十日後、太陽が地平線に顔を出すや出さぬやの時刻に、象のソロモンは二年間をわびしく過ごした囲いをとうとう去った。護衛隊は国王の命令通りに組まれ、象遣いは象の背中に乗って高みから象に指示を出し、必要とあればなんでも彼に手を貸す助手が二人、そのほかに食料係、道のでこぼこであっちからこっちへと滑ってばかりの水樽と、あらゆる種類の飼葉の巨大な山を運ぶ荷車、万事つつがなく旅ができるように道中の警備を担う騎兵隊、そして最後に、こちらは国王の考えが及ばぬものではあったが、二頭のラバに引かれた物資補給隊があった。野次馬や見物人の姿がなかったのは、あまりにも朝早かったこと、出発が極秘であったこともあるが、唯一の例外として象の一行が最初の角を曲がって見えなくなったとたんに王家の馬車が一台、リスボンに向かって走り去っていった。馬車にはポルトガル国王ジョアン三世とその秘書官、ペロ・デ・アルカソヴァ・カルネイロがいたのだが、われわれは今後この男と会うことは二度とない、いやあるいは会うかもしれぬ、というのは人生というものは予言を嗤い、沈黙すべき場には言葉を持ち込み、二度と会うことはなかろうと考えていた二人を突然また引き合わせたりするものだからである。象遣いの名の意味を忘れてしまった、なんという名だったか、と国王に訊ねられた秘書官はこう答えた、白いという意味でございます、陛下、スブッロとは、白、という意味ではございますが、あの者をご覧になってもそれとは思いますまい。王宮の一部屋で天蓋つきの寝台の暗がりに眠る王妃は、悪い夢を見ていた。ソロモンがベレンから連れ去られたことを知り、どうしてだれもわたくしに教えてくれなかったのとみんなに訊ねまわっている夢だが、日もすっかり高くなってようやく寝台を離れる決意を固めながら、王妃は、その問いは繰り返すまいと思い、自らの意思でそれを問うことが今後あるかも確信がなかった。それから数年を経て、だれかが王妃のいる場で偶《たま》さかに、象、という言葉を口にすることがあれば、ポルトガル王妃カタリナ・デ・アウストリアはこう言うであろう、象といえば、ソロモンはどうしているのかしら、まだベレンにいるの、それともすでにウィーンに送られたの、するとどの者かが、象は確かにウィーンにおります、ほかの野生動物たちと共に動物園のような場所におります、と答え、王妃は邪気のないふりをしてこう言うであろう、なんと幸運な動物でしょう、世界で一番美しいあの街で人生を謳歌しているのね、それに比べてわたくしときたら、今日という日と未来とに挟まれて、どちらにも希望を見いだせぬまま身動きもできやしない。もしその場に同席していれば、国王は聞こえぬふりをし、その秘書官、先述のペロ・デ・アルカソヴァ・カルネイロ、さほど信心深くもない彼の異端審問に関する意見や、敢えて語らずにおいたことを思い出しておくべきだろう、その彼は、どうかあの象が忘却という分厚いマントにくるまれて姿かたちを隠し、乏しい想像力の者には、これもまた珍妙なヒトコブラクダ、あるいはこういう無意味な話に熱をあげる者たちの記憶にすら残らない、哀れな姿の二つコブのラクダと間違えられますようにと願って天に沈黙の祈りを捧げることだろう。過去とは、石ころだらけの広大な空間であり、自動車が高速道を走るがごとくすいすいと渡れたらと願う者は多いが、実のところは、下に何が隠れているのか確かめつつ、一個ずつ石を持ち上げて辛抱強く渡るしかない。サソリやムカデが這い出てくることもあるだろうし、太くて白い芋虫やまるまるした蛹がいることもあろう。それにしても、一度ぐらいは象が一頭出てこないとも限らないし、その肩には白いという意味のスブッロという名の象遣いを乗せているかもしれないが、その名はこの男を描写するにはまったく不適切であり、ベレンの囲いから現れた時のその不潔さと言ったら、ポルトガル国王とその秘書官の目には男が世話をする象と変わらぬと映ったものである。それは、盛者必衰とはよく言ったもので、これが警告する通りのことが象遣いと象の身にふりかかったからであった。彼と象とがベレンに到着したときは一般市民の好奇心はうなぎ上り、宮廷からも王侯貴族の男女が団体を組んで象の見物にやってきたほどであるが、当初の熱狂が瞬く間にしぼむと、結果は見ての通り、象遣いのインド式の衣裳はぼろきれと化し、象の体毛やそばかすは、二年の間に溜まった硬い垢にまみれて見えなくなっていた。とはいえ、今のソロモンはまた違う。道中の土埃で足から膝までが汚れているのが目に明らかではあるものの、堂々と歩き、真新しいピンのごとくつややかで、象遣いはといえば、極彩色のインドの衣裳とはいかないまでも新しい制服に身を包んだその姿はまばゆいほどで、さらに良いことには、雇用主の忘れっぽさゆえか寛大さゆえかはわからぬが、新品の服に彼はびた一文と払わなくてもすんだのであった。ソロモンの首と屈強な身体がつながる場所にまたがり、そこに上る際に使う棒を操って、あるときは軽くピシリと打ち、またあるときは素早く突いて象の硬い皮膚に痣もつけながら、白という意味の名をもつ象遣いスブッロは、この物語では第二か第三に重要な登場人物とならんとしている。最も重要なのはまず象のソロモンであって、これは当然主人公である、続いてはこのスブッロとオーストリア大公で、ここではこっち、あそこではあっち、と重要な役を競い合う。とはいえ、現時点では舞台の中央にいる登場人物は象遣いの方である。一隊の端から端まで見渡してみると、なんとも雑多な集まりであることに気づかずにはいられないが、それもそのはず、象、人間、馬、ラバ、牛という様々な動物たちが一緒にいるわけで、それぞれが違うペースで歩いているのだが、それが自然のペースの者たちと、無理やりそれに合わせている者たちがいる、というのは、結局は一番のろい者に足の速いものが合わさずにいられないのであって、この場合、当然一番のろいのは牛であった。牛は、とスブッロが唐突に警告の声を挙げた、牛はどこですか。牛も、牛が牽いている重い荷、満たんの水樽と飼葉の山も姿が見えない。遅れてしまっているに違いない、と象遣いは考え、待つほかあるまいと腹をくくった。スブッロは象の背中から滑り降りようとしたところで思いとどまった。もう一度乗ろうとしても乗れないかもしれない。通常は、象は長い鼻で彼を上に乗せて、ちょうどよい場所におさまるようにしてくれる。ところが、用心する気持ちが彼に待ったをかけ、象が、敵意、苛立ち、あるいは単なるへそ曲がりから、自分に梯子をかけさせてリフトの役割をすることを拒むかもしれない、いずれにせよ、機嫌の悪い象が、自ら踏み台になり象遣いであろうとだれであろうとその背中に上るのを許すはずはない、と考えた。梯子など飾りのような役割しかなく、首にかけるロザリオやどこかの聖人の絵を描いたメダルと同じようなものなのである。いずれにせよ、ここで梯子を使うわけにもいかない、なにしろ梯子は後に遅れている荷台に積まれているのだから。スブッロは助手の一人を呼び、騎兵隊長に荷車を待たねばならないと告げに行かせた。それに休息をとるのは馬たちのためにもなった、とはいえ、実のところ、馬たちはたいして疲れてはいなかった、なにしろリスボンからまだわずかな距離しか動いていないうえ、駈歩どころか速歩すらしていないのだ。今回のバリャドリードへの行軍は、この前に主馬頭が走ったときとはわけが違う、あの英雄的な速駆けは随行した古参兵たちの記憶にまだ新しかった。騎馬兵たちは馬から降り、歩兵たちは地面に座ったり横になったりし、この時とばかりに昼寝を決めこむ者も少なからずいた。象の背中高くから、象遣いはこれまでの旅路をふり返って苦々しい思いをかみしめた。日の傾きから計算するに、これまで歩いたのは三時間ばかりであろうが、それも多く見積もってのことで、実際はその大半の時間はソロモンがテージョ川で長々と水浴びをするのに費やされていた。泥の中を盛大に転げまわるのは、象の論理からすれば、長々とした水浴びであろう。ソロモンが興奮して気が立っているのは明らかで、なるべく穏やかに接しなだめてやる必要があった。ソロモンのお遊びにつきあってどれほどの時間を無駄にしたことかと象遣いは思い、今度は時間ではなく距離に考えを巡らして、どれくらい歩いたろうか、一レグアかそれとも二レグアくらいか、と考えた。これはまた殺生な疑問を抱いたものだ。これがまだギリシャ・ローマ時代であったなら、長距離はスタディオン、マイル、レグアで測る、日々の実用から生まれた尺度であると落ち着き払って言えただろう。だが、この際、ここではペースやパッスス［古代ローマで用いられた長さの単位］で測るスタディオンとマイルにはご退場願い、レグアを使うことにしよう、これは先ほどスブッロが口にした単位であり、同じくペースとパッススで測るのであるが、我らが祖国においてはレグアであれば通じやすく便利だからである。レグアであれば知らない者は確かにいない、と現代人は皮肉な笑みを浮かべて言うだろう。この皮肉に対しては、その通り、その時代に生きた者であればだれもがレグアとは何かを知っていた、だが、その時代に生きた者しかレグアが何かを知らない、と答えるのが最善だ。古い単位であるレグア、あるいはレウガは、だれにとっても、どの時代でも等しいはずと思いきや、実のところは長年の間に推移している。たとえば、ローマ時代から中世中期まで一レグアは七千五百ペースあるいは千五百パッスス［約二・二キロ］だったのが、その後は現代に使われるキロメートルとメートルとなり、一レグアは五キロ、あるいは五千メートルくらいと定まった。どんな分野の測量においても似たようなケースがたくさんある。それが証拠に、アルムドを例にとってみれば、これは十二カナダ、あるいは四十八クアルティリョ［アルムド、カナダ、クアルティリョは、ともに液体を量るポルトガルの単位］に相当するが、これがリスボンであればだいたい十六リットル半くらい、ところが、同じポルトガルでも、北部のポルトになると二十五リットルとなる。それでどうやって理解しあっていたのだと、探求心にあふれた読者に問われれば、最初にこの測量単位の話を始めた者として、われわれはどうやって理解しあっているのだろう、と問い返し、答えは煙に巻いておくことにする。さて、こんな七面倒な話を出してしまったので、ここで一つ、革新的な決断を下すことにする、象遣いとその助手たちが当時使っていた単位で距離について話し合う場面に差しかかるたびにわれわれが対応表を取り出さずとも済むように、今後は現代の測定法を使用することとしよう。字幕なんてものは十六世紀には概念すらもないが、自国語を話す映画俳優の台詞の意味が通じないので、字幕をつけるようなものだ。つまり、交わることのない平行した話法があるのだが、現代の読者が難なくついていける話法を採用し、もう一方は、これ以降は音声消去にすることとしよう。われながらうまい解決法だと思う。

　よくよく観察し考えて、象遣いはやはり象から降りる決心をつけて鼻から地面につたい降り、決然と騎馬隊のほうに歩いて行った。隊長の居所はすぐにわかった。容赦ない八月の太陽を遮断する天幕のようなものが張ってあるからだ、天幕あるところに隊長あり、隊長の上には天幕あり、というわけだ。自分の思いつきをどう切り出そうかと考えていた象遣いだったが、そんな思惑も知らぬ隊長のほうから話題をふってくれた、それで牛はどうした、来たのか来ないのか。隊長、牛の姿はまだ見えませんが、もうしばらくすれば到着するでしょう。だとよいがな。象遣いは息を深く吸い込んで、緊張でしゃがれた声で言った、隊長、お許しいただけましたら、わたしに考えがあります。すでにあるものに、許しも何もないだろう。隊長、失礼しました、わたしはポルトガル語が上手ではありません。よし、その考えとやらはなんだ。われわれの弱点は牛です。ふむ、まだ追いついてはおらんな。お話ししたいのは、このあと牛が追いついても、まだ問題は続くということです。なぜだ。なぜなら、牛というものは生まれつき足が遅いからです。そんなことは俺も知っている、わざわざインド人に教えてもらうこともない。もし、もう一対の牛を加えて荷車を牽かせれば、足が速くなり、みんなと一緒に歩けるようになるでしょう。よい考えだとは思うがな、もう一対の牛など、どこで手に入れるのだ。もう少し先には村があるでしょう。隊長は眉をしかめた、もう少し先に村はある、それは否定できない、牛を一対買えるかもしれない。買うのか、と隊長に訊かれた象遣いは答えた、その必要はありません、国王の名において召し上げるのです、そしてバリャドリードからの帰り道に返せばよいのです、借り受けたときと同じ、元気な姿で。歓声が聞こえてきた、ようやく牛がやってきたのだ、男たちは手を叩き、象までもが長い鼻を持ち上げて嬉しそうにいなないた。象は視力が弱いので、まだ遠くにある飼葉の山は見えなかったが、巨大な洞穴のごとき胃が、食事の時間はとうに過ぎたと抗議の声を挙げていたのである。いや、健康に良いと信じて一定の時間に食事する人間と象が同じというわけではない。恐ろしいことに、象は一日に二百リットルの水を飲み、百五十キロの植物を食べるのである。ということは、象が首にナプキンを巻いて食卓につき、一日三度の食事をすることなどあろうはずもない、象はいつでも、どこでも、後から不足を感じないように食べられるだけ食べ、通った後には何も残さないのが常なのだ。荷車が到着するまで、さらに三十分ほど待たされた。この待ち時間中に隊長は露営の支度を命じたが、それには、兵隊や従者が豚の皮の揚げ物のようにならないように、もう少し日陰があるところを探さねばならなかった。五百メートルばかり先にポプラの木立があり、一隊はそこに向かうことにした。葉はまばらで陰もちらほらとしかなかったが、それでもないよりはまし、さもなければ灼熱の炎天に曝されることとなる。雇われて随行してきた男たちの中で、今のところこれといった仕事を与えられていない者たちは、袋や頭巾の中に入れて持参した食料から厚いパンの一切れや干した鰯、干しイチジク、山羊のチーズなどを出していたが、このチーズは日が経つと石のように硬くなり歯が立たなくなるので、そうなったら辛抱強くしゃぶりつづけるほかないのだが、それはそれで口寂しさを紛らわすのにうってつけでもあった。兵士たちには食事が供された。鞘から刀を抜き、槍を立て、馬で敵へと切り込んでいく貴族階級の騎士は、今回はただバリャドリードに象を連れて行くだけだが、物資補給は人任せだ。この食料はどこから来たのか、あるいはだれが用意したのかなど考えもせず、目の前の椀が満たされているか、飲み込める粥が入っているかにしか関心がない。人間たちは仲間同士で組になって、そちらこちらですでに咀嚼と嚥下に取り組んでいたのに、ソロモンはまだおあずけだった。自分の番はまだかと待ちかねるソロモンのところにスブッロは飼葉を二束運ばせ、束とともにソロモンの綱も解いて、必要とあればさらにもう一束与えるようにと命じた。ご丁寧にここまで詳しく書かずともよいのにと読者が思うのも当然ではあるが、そうした方々にぜひとも知っておいてもらいたい、これには歴とした理由がある、というのも、これがきっかけでスブッロはこれからの旅はどうすればよいかを思いついたのだ、ソロモンが一日に飼葉を二、三束食べれば、荷車は次第に軽くなり、さらには牛が補充されれば、今後いくつの山を越えることとなろうとも、行程が遅れることにはなるまい、と。よい思いつきとは、往々にして悪い思いつきも同様ではあるが、デモクリトス［古代ギリシャの哲学者（前四六〇頃〜前三七〇頃）。原子論哲学の完成者］の原子や籠の中のサクランボと同じように、一つ引き上げるとそれにぶら下がって次々とくっついてくるものである。ということで、険しい山道を牛たちが車を引っ張り上げている様子が頭に浮かんだスブッロは、隊の組み方が最初から誤っていたこと、今の今までその誤りが正されていなかったこと、それは自分が見落としていたからだということに気づいた。スブッロが数えてみたところ三十人の男たちが助っ人として雇われ随行してきていたが、リスボンを出てからこのかた、彼らが仕事らしい仕事をしている姿を見たことがなく、せいぜい朝、散歩をするときくらいしか動いていなかった。飼葉の束を解いてソロモンのもとに持っていくのは牛の世話をする男たちがいれば充分であり、必要とあればスブッロ本人が手を貸せばよい話だ。どうすればいい、男たちはリスボンに送り返すか、そのほうが自分も楽になるだろうか、とスブッロは自問した。ほかの考えが浮かばなければ、それもよかったかもしれない。だが、そのとき、ある思いつきに象遣いの顔が輝いた。大きな声で男たちを自分の前に呼び寄せたが、中にはまだ最後のイチジクをもぐもぐやっている者もいた。ここから先は、二班に分かれてもらいます、あちらとこちらに分かれ、順番に牛が車を牽くのに手を貸してください、積んである貨物が牛には重すぎるうえに、牛はもとより足が遅いので、牛の手伝いは二キロごとに交替、これがバリャドリードに到着するまでのみなさんの主な作業となります。ぶつぶつと呟く文句があちこちから聞こえてきたが、スブッロは聞こえないふりをして言葉を続けた、それぞれの班に班長を一人ずつ立て、作業の結果をぼくに報告するほか、各班の規律を正しくさせて、力を合わせる必要がある作業のときには、みんなをまとめてください。この言葉は男たちの耳には快いものではなかったようで、ぶつぶつ言う声がまた聞こえてきた。わかりました、とスブッロは言った、不満がある人は隊長のところに申し出てください、ここの最高司令官であり国王の代理を務めるのは隊長ですから。その場の空気が急に凍りつき、声はぴたりと静まり、その代わりに不平たらしく足を地面にこする音がした。それで、班長はだれがなりますか。三本の手がおずおずと挙がったので、班長は二人でいい、三人はいりません、と象遣いは言った。すると一人の手が引っ込み、二人は挙げたままだった。では、あなたとあなた、とその二人を指さしてスブッロは命じた、それぞれ自分の班に入る人を選んで、でも、二つの班がバランスよく分かれるように力の配分に気をつけて、さあ、行ってください、ぼくは隊長と話してきます。だが、その前に助手たちがスブッロの元にやってきて、もう一束の飼葉を解いたもののソロモンは満腹らしく、どうやら眠たいようだという報告を受けた。それもそうだろう、腹もくちくなって、普段であれば今は昼寝の時間だ。ただ、あの象に樽の水をほとんど飲まれちまいまして。それだけ食べれば、それも不思議はないですね。少し行けば川があるでしょうから、牛を連れていって汲んできましょうかね。この時間の川の水は飲まないでしょう、まだ塩辛いだろうから。なんでそんなことがわかるんです、と助手は訊ねた。ソロモンはもう何度も川で水浴びをしているけれど、最近この付近で川遊びをしたときには、一度も鼻をもぐらせて水を飲むことはなかったんです。海水がここまで来ているってことは、まだたいして歩いてないってことですかね［リスボンは大西洋河口に位置する］。その通り、でも、ここから先の進みは速いですよ、と象遣いは請け合うと、隊長を捜しに行った。隊長はほかよりは葉陰が濃いポプラの木の下で寝ていたが、その眠りは、優秀な兵士である証拠に、怪しい物音がすれば武器を手に即座に飛び起きられるほどの浅さだった。隊長は二人の護衛に守られており、スブッロは彼らにさっと制止された。スブッロも了解の合図をして、地面に座って待った。隊長は三十分ほどしてから起きてきて、伸びをしてからあくびをし、もう一つあくびをしてからまた伸びをして、ようやく日常に戻ってきたようだった。とはいえ、象遣いがそこにいると気づくまで、二度見直した。なんの用だ、としゃがれ声で訊ねた、また何か思いついたとか言い出すのではなかろうな。隊長、その通りです。いったいなんだ。随行の者たちを二班に分けました、それぞれ二キロ進むごとに交替しながら牛に手を貸します、十五人の男たちも一緒に車を牽けば、これまでとは段違いの速さで進むでしょう。それはよい考えだ、まったくだ、その肩の上に載った物もたまには役に立つようだな、おかげで俺の馬たちも元気になろう、これまでは立ち止まっているのと同じくらいの鈍くさい速度だったが、やっとたまには駆けさせてやれるだろう。はい、隊長、そのことも考えにありました。さては、まだ考えとやらがあるな、その顔に書いてあるぞ。隊長、まことにその通りです。聞いてやろう。ここから先は、ソロモンの習慣と必要に合わせて動くべきです、たとえば、今、ソロモンは寝ています、無理に起こせば機嫌が悪くなり余計な手間がかかるだけです。眠っているだと、だが象は立っているじゃないか、と隊長は不審に思って訊いた。横たわることもたまにありますが、象はたいてい立ったまま寝るのです。俺には象がまったく理解できん。隊長、わたしはほとんど生まれてからずっと象と共に生きていますが、いまだに象のことは理解できません。それはなぜだ。おそらく、象というのはただ一頭の象以上の何かであるからではないかと思います。もういい、話は終わりだ。隊長、まだもう一つお話があります。もう一つだと、と隊長は笑った、なんだ、お前は象遣い《コルナカ》ではなくて豊穣の角《コルヌコピア》だったのか。お願いいたします、隊長。その素晴らしいおつむは今度は何を作り出した。隊長に兵たちとともにしんがりを務めていただき、進行速度を決める牛たちを前に歩かせ、その次にわたしと象、その後には歩兵たち、さらに物資補給の車が続くほうがうまくいくと思うのです。なるほど、それがお前の思いついた考えか。はい、それがよいと思います。俺に言わせれば、阿呆くさい考えだ。その言葉に傷ついたスブッロは、思わず、なぜです、と訊いてしまった、そんなふうに真っ向から訊ねるのは礼を失している、たいへん無礼だということを知らなかったのだ。なぜかだと、では、なぜ、俺と俺の兵たちが、お前らが全員で巻き上げた埃を食いながら進まねばならんのだ。ああ、なんという失礼を、そんなことはとうに考えなければいけないのに、そこは気づきませんでした、隊長、天上の宮殿におわすすべての聖人に免じてどうかお赦しください。われわれが前に立てば、時々馬を走らせてやって、お前たちが到着するのを待てるだろう。はい、隊長、それが最善かと思います、では、これにて失礼いたします、とスブッロが言うと、待て、まだお前に言っておくことが二つばかりある、今度お前が俺にさっきのような口ぶりで、なぜだと訊くようなことがあれば、その肋骨にたっぷり鞭を食らわせてやれと兵に命令を下すからな。はい、隊長、とスブッロは頭を垂れて小さく言った。もう一つは、そのおつむと、まだ始まったばかりのこの旅だ、その頭の中にまだ使えそうな思いつきとやらが残っているなら教えてほしいんだがな、俺たちがここに延々と足止めされているのはお前の差し金か。ソロモンがまだ寝ているのです、隊長。そうか、ここで一番偉いのは象ってことか、半ばむっとし、半ば愉快そうに隊長は言った。いえ、そんなことはありません、隊長、先ほどもお話した通りです、自分でもどこからこの言葉を思いついたのかはわかりませんが、これはソロモンの習慣と欲求なのです、ソロモンの秩序に合わせてわれわれは動くべきかと思います。ふん、それで、と今度は苛立ちを隠さず隊長は訊いた。はい、ソロモンの体調を考え、オーストリア大公に元気なソロモンを無事にお渡しできるように、暑い時間には休ませてやらねばなりません。なるほど、と大公の名が出てきて隊長はいささか決まり悪くなった、だが、あの象は一日中寝てばかりじゃないか。今日という日は例外としましょう、隊長、まだ初日です、なんでも初日にはうまくいかないものです。では、どうする。これからは日中を三部に分けましょう、まず、一部は早朝から午前、それから三部は日が落ちるまでです、ここはできるだけ速く進みましょう、そして二部、つまり今のこの時間ですが、これは食べたり寝たりする時間です。それはよい案だな、隊長は態度を軟化させることにした。隊長の口調が柔らかくなったことに気をよくした象遣いは、この日ずっと抱いていた不安を告げることにした、隊長、この旅でわかりかねることがあるのですが。わからないことだと、それはなんだ。ここまでの道のりで、ただの一人ともすれ違っておりません、つまらぬ意見を申し上げますと、これは普通ではありません。いやいや、あっちからもこっちからも、われわれは大勢の人間とすれ違っている。なんですって、でもわたしは一人も見かけておりません、スブッロは驚きで目を丸くした。お前は象に水浴びをさせていたのだ。つまり、ソロモンが水浴びをするたびに人が通って行ったというわけですか。同じことを言わせるな。それはあまりに不自然な偶然、まるでソロモンには姿を見られたくないとでもいうような。そうかもしれんな、うん。しかし、ここに露営して数時間が経ちますが、それでもだれも通っていません。それはまた理由が違う、遠くから象がいると知ると、みんな、幽霊を見たかのように後に引き返すか、違う道を行くのだ、たぶん悪魔か何かの遣いだとでも思っているのだろう。ああ、頭が痛くなってきました、てっきり国王陛下の命令で道が空けてあるのかと思っておりました。象遣いよ、お前はそこまで偉くはないぞ。わたしは偉くありません、ソロモンです。また新たな議論が始まりそうな気配を察した隊長はこれには答えず、お前が向こうに行く前に訊いておきたいことが一つある、と言った。なんなりとお訊ねください。さっき、お前は天上の宮殿におわす聖人がどうのこうのと言っていたな。はい、申しました。つまり、お前はキリスト教徒なのか、この問いには、よく考えてから答えろ。まあまあそうです、隊長、まあまあです。

満月、八月の月光。目を覚ましているのは見張りをする二人の兵のみ、彼らが馬に乗って巡回するときの馬具の音が時おり響くほか、あたりは静まり返り、みんな、眠っている。旅のしょっぱなでは怠け者の集団かのような悪印象を与えた男たちだったが、あの後、自分が荷車を押す番になるとそれぞれが張り切って職人根性を見せた。道が平坦だったことも手伝った、しかし、ここは賭けてもいいし、私が勝つに決まっているのだが、荷車というものがたどった長く栄えある歴史を振り返ってみても、あれほどの速度で進んだ旅はないはずだ。あれからの三時間半で、途中で数回小休止をしたというのに、なんと十七キロ以上も進んだのである。この数字については、隊長と象遣いのスブッロの間で喧喧囂囂《けんけんごうごう》の議論が交わされ、自分自身をごまかしたって仕方がないというスブッロを抑えて最終的に決着を見たものである。隊長は、数字がよければ男たちは鼓舞されると考えた、実際歩いたのは十四キロだったとしても、その三キロの違いにどれだけ意味があるというのだ、その三キロ分、明日せっせと歩けば帳尻が合うだろう。象遣いは隊長を説得することをあきらめて、心の内で呟いた、自分は精一杯のことをした、この男が言い張るごまかしの数字が通ったとしても、実際歩いてきた本当の距離まで変えることはできないんだ、命令を下す側の人間と議論するのは終わりにしろ、スブッロ、お前もいい加減に人生ってものを学ばないと。

スブッロは目を覚ました、眠りながら腹がきりきりと痛むような気がしたが、もう大丈夫なようだ、でもまだなんとなく不安が残る、と考えているうちに、腹の奥がぐるぐると鳴りはじめ、急にまた刺されたように腹が痛んだ。とにかく立ち上がると、近くにいた見張りには、ちょっとそこまで、また戻ると合図をし、木が密集している丘、さっき露営をしていたところまで、なだらかな坂を上がっていったが、その坂のなだらかなことと言ったら、頭のほうがほんの少しだけカーブして上がっているベッドにみんなで横たわっているかのようだった。ぎりぎり間に合った。スブッロが、奇跡的に汚さずにすんだ服を下ろしている間、われわれは目を逸らしておくことにしよう、そして、起伏の輪郭をくっきりと際立たせて柔らかな影を作りつつも、その光を受ける場所はきらめかせる八月の美しい月光を浴びる、先ほどわれわれが目にしたあの村を、彼が頭を上げて見つけるまで待つことにしよう。ほら、やはり、スブッロの声が聞こえてきた。村だ、村があるぞ。おそらく、みんな疲労困憊でここに到着したからだろう、山の斜面を登ってみて、その向こう側には何があるのか確認しようと思いついた者が一人もいなかったのだ。確かに、そろそろ村が見えてきてもいいころだ、これでなくとも、ほかの村があっただろう、だが、最初に見つけた村に、ピサの斜塔すらもまっすぐに戻せそうな力持ちの元気な牡牛が見つかることは、そうそうあるものではない。腹もすっきりとした象遣いは、あたりに生えていた雑草を使ってできるだけきれいに拭いた、それにしても、そこに生えていたのがウルシ、またの名をサンギナリア［残忍という意味］でなかったのは幸いだった、あんなもので尻を拭いたら最後、その繊細な粘膜は傷つき、焼けるような痛みとかゆみで小舞踏病患者もかくやという苦しみに見舞われたはずだ。そのとき、月が厚い雲に覆われたので、村は暗くなり、闇に紛れて夢幻のように消えてしまった。いいのだ、時がくれば日は昇る、そうすれば、人生の変わり目がすぐそこに来ていることを予感しつつも、今はもぐもぐと反芻している牛がいる牛小屋への道がわかるだろう。スブッロは鬱蒼と立ち並ぶ木々の間を通って、野営所の自分の寝床に戻った。道々、もし隊長が目を覚ましていたならば、惑星レベルの用語を使えば、全世界でも最大の喜びを表したに違いないと考えていた。そして、村を見つけたという栄光は自分のものなのに、とそっと呟いた。もはや期待はしないほうがよい。夜が明けるまで、まだほかの男たちが用を足す必要を覚えないとも限らず、人目を避けてその行為に及ぶには木に囲まれたあの場所しかない、あるいは夜中にそういうことがなくても、朝まで待てば肉体と膀胱が命じるまま、少なからぬ男たちがあの場所に並んで向かうだろう。ようするに、みんな動物だということで、それは驚くにあたらない。象遣いはあきらめきれずに、やはり隊長が眠っている場所へと行ってみることにした、不眠症に悩む人だっているわけだし、眠りは死であると信じて苦悶しつつ目を覚ましているかもしれないし、あるいは毛布の縁に隠れている南京虫どもの一匹が、就寝中の隊長の血を吸いに来ているかもしれない。ところで、南京虫は、輸血の無自覚な発見者だったという話もあるが、それはさておき、スブッロの期待は潰えた、隊長は眠っていた、それだけでなく鼾を轟かせていた。見張りの一人になんの用事だと訊ねられ、スブッロは、隊長に伝言があるんだが、眠っておられるようなので、自分も寝床に戻るとする、と答えた。こんな時間に来るやつがあるか、普通は朝まで待つものだ。大事なことだったんです、と象遣いは答えた、でも、象の教えに従い、無理なものはあきらめます。俺から伝言してやってもいいぞ、隊長が起きたらすぐに伝えてやろう。象遣いは頭の中で計算して、この唯一の手持ちの札に賭けてみることにした、曙光の訪れとともに、村だ、おーい、村だぞというだれかの叫び声が聞こえたときには、この見張りから聞いて隊長はすでに知っていたほうがよいだろう、と。人間の性《さが》をあまり当てにしないほうがよいと、人はみな苦い経験を積んで学ぶ。ここから先、少なくとも秘密を守りたければ騎兵すら信用してはならないことを、われわれは胸に刻んでおくとしよう。象遣いがふたたび眠りに落ちるころには、すでに見張りの相棒が村のことを知り、その近くに寝ていた兵士たちも知るに至った。みんな大いに沸き立ち、うちの一人などは、情報が確かなら今から行ってみよう、どういうところかを見ておけば、翌朝の計画も立てやすい、などと言い出した。だが、もし隊長が目を覚まし寝台から起きてきて、兵士がだれもいないと知ったらどうなる、いや、幾人かはいるが幾人かはいない、となったらどんな恐ろしいことになるかと思いなおし、夜の探検はあきらめることになった。数時間が過ぎ、東側からしらじらとした光が太陽の通り道となる弧を描きはじめ、反対側にいる月はほかの夜の両腕の中に楚々と滑りこんでいった。こうして、大発見の瞬間を延ばし延ばしにし、もっと劇的な手順があるのではという思いを胸にくすぶらせ、喜びを倍にできそうな何かがあれば、とわれわれが悶々としているうちに、村があるぞという致命的な叫び声が聞こえてきた。われわれが深く思索に沈み込んでいるうちに、いつの間にかだれかが目を覚まして丘を登っていたのだ、そしてその男は今や木立の中に立って声を張り上げている、誇らしげに報せを伝えるその言葉は、しかし、われわれが先に予想していたような、おーい村だぞ、ではなくて、みんな、村があるぞ、だった。それは隊長その人だったのだ。神は歪んだ線をもってまっすぐ描くとはよく言うが、運命だってその気になれば神に負けてはいない、それどころか運命のほうが巧みかもしれない。毛布の上に座っているスブッロは、まあ、これなら悪くはない、と考えた、実は夜中に起きて最初に村を見つけたのは自分だったんだと申し出ればいい、と。思い切った行動に出たスブッロに、隊長は当然ながら厳しい口調で、それで、証人はいるのかと詰め寄り、それにはさすがの象遣いも持ってもいない尻尾をだらりと下げて、いいえ、隊長、一人でいました、と答えるしかなく、夢でも見たんだろう、とあしらわれて、いえ、夢ではありません、隊長がお目覚めのときに伝えてくれと見張りの一人に頼んでおきました、と返した。そんな話は聞いておらん。では、どの見張りだったかを言いますので、その者にお訊ねください。すると隊長はその言葉は無視してこう言った、象を歩かせるのにお前の手が必要でなければ、この場でリスボンに送り返していたところだ、自分の立場をわきまえろ、その減らず口がどんな災いをもたらすか、どういう意味か覚えておけ、インドに送り返してほしくなければな。だれが村を最初に発見したかという問題はこれで終いだ、そう言って隊長が背を向けかけたそのとき、象遣いは声をかけた、重要なのはそこではありません、重要なのは、あの村に使える牛がいるかどうかです。そんなことはじきにわかる、お前は自分の仕事をやっておれ、そのほかのことは俺がやってやる。隊長、村にはわたしは行かなくてもよいのですか。よい、班組みを決める軍曹と牛飼いで充分だ。この隊長も一度くらいはまともなことを言うのだな、とスブッロは心の内で言った。村を見に行く当然の権利を持つ人間がいるとすれば、確かにそれは牛飼いだ。隊長はすでに歩きはじめ、軍曹や補給部隊の責任者など、あちらこちらに指示を出し、力仕事の男たちは干しイチジクと硬いパンばかりでは早晩役立たずになるので、充分な食糧を与えるようにと伝えた。この派遣隊の計画をしたやつはまったくの能無しだ、のうのうと宮廷にいながら命令するばかりで、俺たちは空気でも食っとけと考えているんだろう、と歯ぎしりしながら呟いた。隊のみんなはとっくに起きだして、毛布を丸め、道具の準備をしていたが、その道具の量たるや相当で、しかも、象が穴に落っこちて、揚錨機で釣り上げてやる必要でも生じない限り、今後の用途もなさそうだった。村の牛が来ても来なくても、とにかく全員が揃ったらすぐに出発したいと隊長は考えていた。太陽はすでに地平線からすっかり離れ、晴れ渡った朝の空には白い雲が一つ二つ浮かんでいるだけだった、あまり暑くなるなよと隊長は祈った、でないと、筋肉は溶け、皮膚の上で汗が沸き立ってしまう。隊長は牛飼いを呼んで今後の計画について説明し、よい牛がいれば旅の足が速まり、そのぶんリスボンにも早く戻れるのだから、よくよく見極めよと伝えた。牛飼いは、はい、隊長、と繰り返して二度も答えたのだが、実のところ、そんなことはどうでもよいのだった、というのも牛飼いの住まいはリスボンではなくて、メン・マルティンスとかなんとか、そういう名の村だったのだ。牛飼いは馬に乗れなかった、職業もそればかりに専心するとどうなるかという一例だ、仕方なくなんとか馬の尻によじ上って軍曹の後ろにまたがり、自分でも聞こえるか否かという小さな声で、われらの父よ、とお気に入りの長ったらしい祈りの言葉を唱えた、われらの負債を許したまえ。しかし、いかなるものにも悪はある、そしてその悪は、こちらの思惑どおりに尻尾をちょろりと出して本性を見せてくる、たとえば、この祈りだ、キリスト教徒の務めとして、われらに負債があるものも赦すべしと言っている。どうもうまくねえな、と牛飼いは呟いた、借りがあるやつが返さないまま許されちまったら、商売あがったりじゃねえか。やがて、村へと続く道に出たが、この時代にはまだなかったにせよ、それはローラーコースターそのもので、道と呼ぶには想像力を総動員せねばなるまいが、ともあれその道で初めて行き合った男に、隊長は、村の名と、領主はだれかを訊ねた。鍬を担いで粗末ななりをしたその老人は、一番の主は伯爵様だが、今はここにはおらんよと答えた。伯爵様とな、と繰り返す隊長の口調にはいくぶん動揺が見えた。はいな、ここの領地の四分の三は、いやもっとかな、伯爵様のもんだ。だが、主はここには住んでいないと先ほど言ったではないか。はいな、管財人とお話しなせえ、ここの舵取りは管財人がしとるからな。じいさん、海にいたのか。はいな、旦那、だけども海の上では、次から次へと溺れたり壊血病にかかったり、おっかねえことばっかりで、このままおっ死ぬのはごめんだって、陸に上がったんでさ。それで、その管財人とやらはどこにいる。もう野良仕事に出ているかな、でなきゃあ宮殿の庭に。宮殿だと、と周りを見回して軍曹は訊ねた。塔だのなんだのがあるおっきな宮殿じゃあねえです、屋敷は平屋建てだけれども、リスボンの宮殿やお屋敷よりもどこよりも、たんと宝がしまってあるという噂で。そこまで案内を頼みたい。はいな、あたしもちょうどそっちに行くところで。伯爵とは、どこの伯爵だ。老人の答えを聞いた隊長は、驚いてひゅうと口笛を鳴らした、その伯爵は知っている、ただ、こっちの方面にも領土があるとは知らなかった。ここだけじゃあねえって話でさあ。

　この村ときたら、今ではとんと見かけなくなった風情をしていた、季節が冬の雨季であったなら、あちこちびしゃびしゃと水がたれて泥水が跳ね返る豚小屋のごとくであったろうが、真夏の今、村は埃に覆いつくされた古代文明の遺品のようだった、とはいえよく考えてみれば現代でも、屋外に展示されている芸術品は同じ憂き目にあっている。開けた場所までたどり着くと宮殿がそこにあった。老人が小さな鐘を鳴らすと、一分ほどしてだれかがやってきて戸を開け、老人は中に入った。そこから先の段取りは、隊長の計画どおりにはいかなかったのだが、かえってそのほうがよかったかもしれない。まず老人が話をつけて、その後の細かい説明は隊長が引き取った。たっぷり十五分は待たされたあと、戸口までやってきたのはデッキブラシのような口髭を蓄えた太り肉の男だった。隊長は、馬の鼻面を男のほうに向け、身分の差をしかとわからせるために馬上から話しかけた、貴公がここの管財人か。はい、なんなりとお申し付けください。これは飛んで火に入る夏の虫、と胸の内で呟いて隊長は馬から降りた。実は頼み事があるのだが、この頼みは伯爵殿と国王陛下のものでもあると考えてほしい。お望みはなんでしょうか、どうぞお教えください、我が魂の救済にも我が主の利益にも反するものでないかぎりはご協力いたします。案ずるな、貴公の魂も主の利益も損なうつもりはない、ここまで出向いた用事とは、とそこで一息つくと、こっちに来いと牛飼いに短く合図を送ってから打ち明けた、自分は国王陛下の騎馬隊の隊長である、陛下の命により、オーストリア大公への贈物である象をお届けするため、大公が舅君のカルロス五世をご訪問中のスペインのバリャドリードへとその象を連れて行く道中にある。その言葉を聞いたとたんに両目を見開き、顎をがくんと落として口を大きく開いた管財人の顔を、隊長は良い兆候として胸に刻み、言葉を継いだ、隊には象が食す飼葉と水樽を積んだ荷車があり、それをここまで牛二頭が牽いて立派な役目を果たしてはきたのだが、これからの山越えを考えると、牛一対のみでは心許ないと憂いているところだ。管財人はうんうんと頷きはしたが、言葉は一言も発しなかった。隊長は深く息を吸い込むと、考えつく限りの持って回った社交辞令を述べ立ててから、最後にずばりと言った、その荷車を牽く牡牛がさらに二頭必要なのだが、この村でならば見つかるのではなかろうか。伯爵様がおりません、そういうことはご主人様だけが。隊長はその言葉を遮った、今ここにわたしがいるのは国王陛下の命によるものと聞こえなかっただろうか、牛を貸してくれと頼んでいるのはわたしではない、国王陛下であるぞ。聞こえましたとも、しかし、ご主人様が。不在だと言うのだな、それはわかっておる、だが祖国への義務とは何かをわきまえる管財人がいるではないか。祖国、ですか。祖国とは何かわからぬか、そう言うと隊長は抒情に訴える方向へとさっと切り替えた、どこへ行くともわからぬままに流れる雲、あれが祖国だ、姿を現したかと思うとまた隠れる太陽、あれも祖国だ、この朝、ズボンを下ろしながらわたしがこの村を見つけたときにいた木立、あれもまた祖国だ、それを思えばこの使命に反することも、使命を成し遂げる困難を否定することもできはしまい。そういうことでしたら、はい。騎士に二言はない、よし、話は決まった、さあ、牛を見るから牛舎へ案内せよ。口髭に相談でもしているかのように、管財人はその無精髭を撫でていたが、ようやく心を決めた、何より祖国が大事だ、とはいえ牛を譲り渡したその結果、万が一のために隊長に一筆書いてもらえるかと訊ねた。もちろん、わたしが自ら文書をしたためよう、象がオーストリア大公に無事に引き渡されるや、早急にこの手で牛を返却する、とな، 牛を借りるのはここからバリャドリードへの往復のみに限るのだから。それならば、力仕事をする牛がいる牛舎へと行きましょう、と管財人は答えた。ここにいるのはうちの牛飼いだ、この者も行かせてもらう、わたしは馬のこと、戦があれば戦のことはわかるが、牛はよくわからん、と隊長は言った。牛舎には八頭の牛がいた。ほかに四頭おりますが、今は畑に出ています。隊長の合図で牛飼いは牛たちに近づき、一頭一頭念入りに確かめた、寝ていた二頭は立たせて同じくよくよく調べ、最後に、これと、それを、と選んだ。お目が高い、そいつらが一番良い牛で、と管財人も言った。誇らしさが鳩尾《みぞおち》から喉元までせりあがってくるのを隊長は感じた。ここまでの行程で、いかに自分の行ないの一つ一つが最大級の成果をもたらしてきたことか、この功労はそれなりに評価されてしかるべき、リスボン帰着の折にはぜひ将校にでも昇進させてもらいたい。隊長が感慨にふける間に管財人は紙と羽根を取ってきて、その場で証書はしたためられた。それを受け取った管財人は感極まって手を震わせたのだが、牛飼いの、くびきがいりますな、という言葉ではっと我に返った。あそこにあります、と管財人は指さした。さて、この物語では、さまざまな局面においてにじみ出る人間の本性を余すことなく記してきたし、その場の状況や流れる空気についての記述や注釈も入れてきた。だがしかし、この時、隊長の心に雷光のように閃いた、高潔で、気高く、高尚な思いつきを記述することになろうとは、正直なところ、考えもしなかった。彼は、この牛たちの所有者である伯爵の紋章には一対の、あるいはくびきで繋がれた牡牛を入れてほしいものだと、そう考えたのだ。その願いが叶うよう祈ろう。くびきをつけられた牛たちが牛飼いの手で牛舎から出されてから、管財人はふと言った、それで、象はどこに。不躾ともいえるこの露骨な質問は、単に無視してしまってもよかったのだが、隊長は頼みを聞いてもらったこの男に感謝もしていたので、恩返しのつもりで答えた、われわれが野営をした木立の裏にいる。これまで一度も象ってものを見たことがないんですよ、そう言う管財人の声は切なく、あたかも、象を見るか見ないかで、彼のみならず彼の周囲の人間の幸福までもが左右されるとでも言わんばかりだった。そんなことならば、われわれと共に来ればよい。そうですか、ではお先に行っていてください、わたしはラバに鞍をつけて追いつきますんで。隊長は、軍曹が待ち構える広場に着くと言った、牛は手に入れた。はい、隊長、さっきここを通っていきました、牛飼いの喜びようといったら、天にでも昇っていきそうでした。行くか、と馬に乗りながら隊長は言い、はい、と軍曹もまた言って馬に乗った。ほどなく牛の一行に追いついたのだが、ここにきて隊長は深刻なジレンマに陥った、先に駆歩でみんなのところに戻り、勝利を高らかに伝えるべきか、あるいは、牛たちと一緒に帰って自分の機知で獲得した獲物を前に拍手で迎えられるか。この問題を真剣に検討しながら百メートルばかり進んだところで思いついた解決法は、五百年ばかり早い第三の道と呼ぶべき手段［二つの対立する方策の良いところだけを取るという手法で、英国のブレア政権（一九九七〜

二〇〇七）が提唱した」だった、つまり、軍曹を先に戻らせてニュースを伝えさせ、一隊の喜びを煽っておいて、賑わいの最高潮に自分たちが到着するという寸法だ。そうしよう。それからいくらも進まないうちに、足音がどたどたと聞こえてきた、駆歩はおろか速歩もしたことがないラバに乗って、管財人が慌てて追ってきたのだ。礼儀正しい隊長は馬を止め、理由もわからず軍曹もとりあえず止まり、牛と牛飼いは違う世界の住民で違う法に則って生きているので、変わらない足取りで、つまりはゆったりと、歩きつづけた。隊長は軍曹を先に行かせることにしたが、とたんに後悔し、苛立ちが次第に募っていった。軍曹を先になど行かせるべきじゃなかったのだ。今頃、あの男は拍手で迎えられているだろうが、吉報を最初にもたらした者へ贈られる拍手が最も温かいのが常套だ、二番手がやってきたところで、それは温めなおした翌日のスープのような味しかしない。だが、それは間違いだった。牛を連れてと言うべきか、牛に連れられてと言うべきか、とにかく隊長が到着すると、片側は文民、もう一方は兵士たち、とみんなが二列に並んでおり、その先の中央には象遣いを乗せた象が待ち構えていて、みながみな、ぴょんぴょん跳ねて手を叩いていた、もしもこれが海賊船であったなら、皆の衆にラム酒を二杯ずつ！　という声が挙がっていただろう。いずれにせよ、あとから赤ワインがみんなに供されるに違いない。興奮が静まったところで、一隊は出立の準備を整えた。牛飼いは伯爵の、力も強く元気もみなぎる二頭の牛を荷車に繋いだが、先頭はリスボンから歩いてきた牛たちにして、足並みを合わせられるようにしてやった。これが管財人であったなら、順番を反対にしたことだろう、だが今の彼はラバにまたがりながら自分が見ているものが信じられずに、何度も何度も十字を切るのがやっとだった、象、これが象なのか、と呟いた、背の高さは四コヴァドは下らない、あの鼻、あの歯、それにあの脚、なんて太い脚だろう。一隊が動きはじめると、管財人も道に出るまで付いていった。そこで隊長と別れの挨拶をし、よい旅と無事の帰還を願った、そしてみんなが遠ざかるのを見送った。いよいよ別れるときは大きく手を振った。日常に象がひょっこり現れるなんて、そうそうあることではない。

　天はわれわれの不安も願望も気にしていないなどというのは、嘘だ。天は合図を送り警告もする、それを良き教えと受け取らないのは、天にしてもわれわれにしても、記憶なんて当てにならぬものに、あれもこれも詰め込まないほうがよいことを経験から学んでしまっているからだ。合図も警告も目を凝らしていればそれとわかる、一隊が、通り雨とはいえ土砂降りに見舞われたときの隊長がその良い例だ。牛が牽く荷車を後ろから押す男たちにとってはこの雨はただありがたく、苦行を強いられることが常の下級階層に与えられた天の恵みだった。象のソロモンも象遣いのスブッロも、突然の水浴びを存分に楽しみはしたものの、これからも、特にウィーンに向かう道中ではまたこういうことがあるだろう、雲から落ちてくる雨水から身を守るものもない高みに座る自分は傘を調達せねばとスブッロは考えた。この雨をまったく歓迎しなかったのは騎士たちで、いつもは色鮮やかな装束が、今や負け戦からの帰途にあるかのように汚れて泥だらけになっていた。隊長はといえば、これまでもその勘の鋭さを見せてきたように、今回もまた、自分たちは重大な問題に直面していることを即座に見ぬいた。またこれで、行軍を計画した輩の無能さがよくわかるというものだ、この八月の雨のように、たまに起こる不測の事態をまったく考慮していないのだ、だいたい昔から言うではないか、冬の始まりは八月にあり、と。さっきのあれはただの通り雨で、今後も晴天が続いてくれればよいが、そうでなければ、ここから先は月の光と星の瞬きの下で夜を越すことができなくなってくる。しかも、それだけではない。夜を過ごす屋根が必要だということは、つまり、馬たちも象も四頭の牛も、さらには数十人の男たちも、休む場所が必要になるということだ、そして、お察しのとおり、そんな休憩所が十六世紀のポルトガルで簡単に見つかるはずがない、まだ大きな倉庫もなければ観光客用の宿泊施設なんてものもないのだ。それに、もし歩いている途中でこんな土砂降りが降ってきたらどうなる、さっきのような通り雨ではなく、何時間も何時間も降りつづく長雨だったら、と隊長は悶々と考えたが、結局こう結論づけた、そうなったらそのときだ、この背に雨を受けながら歩くまでよ。天を見上げて隊長は予測するように言った、しばらくは晴れそうだ、さっきのはただの通り雨だといいんだがな。残念ながら、そうはいかなかった。一隊が安全地帯に、二十軒あまりの粗末な小屋がぽつぽつと建ち、塔が半分崩れかけた教会があるのみで、大倉庫など一つも見当たらない集落を安全地帯と呼べるのならばであるが、そこにたどり着くまでには二度も雨に降られた、今や天からの通信システムに精通している隊長は、まだあと二度は降られるに違いない、このまま大雨への対策を怠ったままでいれば、早晩、隊員たちは風邪を引き、鼻水を垂らし、しまいには肺炎にかかるかもしれないと恐れはじめた。

天は甚だ勘違いをしている、自分にできないことは何もないものだから、天を司る主の似姿で創られたという人間だって、自分と同様、なんでも許されると思っている。それならば、天も隊長と同じことをしてみればよい、自分はポルトガル国王配下の軍隊の騎士団の隊長であり、現在はスペインのバリャドリードという町に象を一頭連れていく任務の途上にあるのだが、と一軒一軒で同じ口上を繰り返し、目にするのは毎度同じ不信感に満ちた顔である、それも無理はない、この辺でゾウ科の動物など話題に上ったことすらない、そもそも象とはなにか、ここの人たちには想像もつかないのだから。その疑り深い顔に向かって、さらに天はこうも訊ねてみればよい、このあたりに、動物と人間が一晩屋根を借りられるような、大きな穀倉はあるか、あるいは耕具の倉でもいいと、だが、この頼みも、神殿を壊して三日で建てられると見得を切った、最盛期のイエスのガリラヤでの有名な説教を思ってみれば、そう無体なことでもないはずだ。結局イエスがそこまでしなかったのは、単に人手もないし、当時はセメントもなかったからなのか、あるいはただ作り直すためだけに壊すなんてもったいない、そんな無駄骨を折るくらいならば元のまま残しておけばよいという分別が働いたせいなのかはわからない。それに比べ、パンと魚が増える話はよかった、ちょうど今、隊長の命令と補給部隊の働きで、この夜はみんなにも温かい食事が供されているところだ、現代に比べて不便ばかりの当時を思えば、この奇跡は決して小さいものではない。幸いにして、この夜、雨はやんでいた。男たちは重たい上着を脱いで竿にかけ、熾した火の熱で乾かした。あとはただ、大鍋が運ばれてくれば、ようやくこの空腹が癒される、と引き攣る胃を匂いでなだめ、毎日決まった時間に料理が盛られた皿と一切れのパンをだれかが用意してくれる生活を送る幸運に恵まれた人間に自分もなれたような気分を一時味わうだけである。この隊長はほかとは違う、部下たちのことを、身分の低い者のことまでも、あたかも自分の息子のように扱ってくれている。さらには、少なくとも今この時は、階級の差も気にしていないようだ、食事も自分だけ別にせずみんなと一緒にとっている、共に火を囲んで座りながらも口数は多くないのは、男たちが遠慮なく会話ができるようにしているからだ。騎士の一人が、ほかのみんなもずっと気になっていたことを口にした、よお、象遣い、お前は象と一緒にウィーンに着いたら何をするんだ。リスボンと同じでしょう、たいしたことはしません、と象遣いは答えた、象は、大勢に拍手され、見物され、あっという間に忘れられるんです。それが人生というものです、喝采と忘却です。そうとも限らないだろう。象と人間に関しては、そういうものですよ、とはいえ人間についてはわたしにはえらいことは言えません、よその土地にいるただのインド人にすぎませんから、ああでも、一頭だけ例外と言える象がいますね。どこの象だ、と兵士の一人が訊いた。瀕死の象が首をはねられて死んだのです。それじゃあ、そこでお終いだ。それが、その首は、ガネーシャという名の死んだ神に据えられたんです。そのガネーシャとやらの話をしてみろ、と隊長は言った。ヒンドゥー教はとても複雑で、正しく理解しているインド人は一人しかいません、だれでもが理解できるものではないのです。お前、自分はキリスト教信者だと言っていた覚えがあるぞ。はい、まあまあです、隊長、まあまあです、とお返事した覚えがあります。それはつまりどういうことだ、お前はキリスト教徒なのか、違うのか。インドで、子どものときに洗礼は受けました。それで。それで、それだけです、と象遣いは肩をひょいとすくめた。教会に通ったことがないのか。呼ばれたことがなかったんです、隊長、わたしは忘れられてしまったんです。それでもなんの損もないさ、とどこからかそんな声がした、まさかそんなはずはあるまいが、熾火から聞こえてきたようだった。しばしの重い沈黙を、薪がぱちぱちとはぜる音が時おり破った。お前の宗教では、だれがこの世を創ったのだ、と隊長は訊ねた。ブラフマーです、隊長。それが神か。はい、ですが神は一人ではありません。どういうことだ。つまり、世界は創造して終わりということにはなりません、だれかが維持しなければならない、その仕事をほかの神々が担うのです、たとえばヴィシュヌです。そのほかにも神はいるのか。はい、数千数万と、ですが、三番目に重要なのが破壊神のシヴァです。つまり、ヴィシュヌが維持したものをシヴァが壊すということか。そうではありません、隊長、シヴァによれば死とは生命の再生の始まりなのです。つまり、いわば、その三人がキリスト教の三位一体ということだな、三位一体はそれだけなのか。差し出がましいことを言いますが、キリスト教では四人です、隊長。四人だと、隊長は仰天した、四人目はだれだ。聖母です、隊長。聖母はそこに入らない、三位一体とは父と子と聖霊だけだ。では聖母はどこに。何が言いたい、場合によってはその象と同じくその首を叩き切るぞ。だって、みなさんは祈りも願いも聖母にするでしょう、神やイエスや聖霊ではなく、聖母には手に余るほどの願い事や祈りが朝から晩までその家に届いています。気をつけろ、お前、異端審問があるんだぞ、危ない沼からは手を引っ込めておけ。でも、ウィーンに行ってしまえば私はそれっきり戻りませんから。インドには帰らないのか。もはや私はインド人ではありません。それにしてはヒンドゥー教のことをよく知っているではないか。まあまあです、隊長、まあまあです。なぜだ。なぜなら、これすべてが言葉で、ただの言葉にすぎず、言葉の外側には何もないからです。ガネーシャは言葉か、と隊長は訊いた。はい、隊長、普通の言葉ですから、ほかの言葉に補われて初めて意味をなすのです、そして、うまく補えるかどうかは別として、ほかの言葉もまた補われる必要があり、すると対話も行先を見失って、呪いの言葉が時にそうなるように正誤は交替し、いずれ、わたしたちには善と悪の区別がつかなくなるでしょう。ガネーシャについて話せ。ガネーシャとは、シヴァとパールヴァティの息子です、パールヴァティはドゥルガーともカーリーとも呼ばれる百本の腕のある女神です。足が百本あれば百足《ムカデ》とも呼ばれたかもな、と兵士の一人が言ったが、そう口に出した途端にしまったと思ったらしく、わざとらしい笑い声を立てた。その男は無視したまま象遣いは話を続けた、一つ言っておくべきは、あなた方の聖母と同じく、ガネーシャの母のパールヴァティは夫の介入なしに彼を身ごもったのです、というのも、シヴァは永遠なので子どもを持つ必要がなかったからです。ある日、パールヴァティは湯浴みをしようとして、浴室を見張る護衛がいないことに気づきました。そこで彼女は、おそらく石鹸でしょうが、身体を洗うための練り物で少年の形をした偶像を作りました。女神はその人形に生命を吹き込み、これで最初のガネーシャが誕生しました。パールヴァティはだれも入れないようにとガネーシャに命じ、息子は母の言葉に従おうとします。しばらくすると、シヴァが森から帰り、家に入ろうとしますが、ガネーシャがそれを阻み、当然のことながらシヴァは激怒します。自分はパールヴァティの夫であるので、この家は自分のものである、とシヴァが言えば、母上が許すと言った者しか入れるわけにはいかない、そしてあなたのことは許すと聞いていない、とガネーシャは答えました。それを聞いたシヴァは激高してガネーシャと激しい闘いとなり、ついには三叉の鉾でその首を落としました。パールヴァティが出てきて息子の骸《むくろ》を見つけると、その悲嘆の叫びはすぐに怒りの咆哮に変わりました。すぐにガネーシャを生き返らせよとシヴァに迫りましたが、悪いことに、ガネーシャを叩きつけたときの力があまりに強くてその頭は遙か遠くまで飛ばされ、到底見つけることができなくなっていました。そこで、最後の手段として、シヴァがブラフマーに助言を求めると、道中で出会う最初の生きもので、北側に頭を向けて寝ているものの頭を代わりにつければよいと言われたのです。シヴァは天の軍に、どんな生きものであれ北を向いて寝ているものの頭を取ってくるようにと命じました。すると軍隊は北側を頭にして寝ている瀕死の象を見つけたので、象が死んだときに頭を切り落としました。シヴァとパールヴァティが待つところに象の頭が届けられ、それをつけるとガネーシャの身体は再び息を吹き返したということです。こうして、ガネーシャは生きて、死んで、それから生まれたのです。作り話だな、と兵士の一人が呟くと、そのとおり、死んでから三日後に生き返った人「磔刑にされたイエス・キリストは三日後に復活した」の話と同じですね、とスブッロも応えた。気をつけろ、言葉がすぎるぞ、と隊長が警告した。わたしだって、石鹼でできた少年が、象の頭をして腹が突き出た男になったなんて話を信じちゃいませんがね、ガネーシャがだれかを説明せよと言われたものですから、従ったまでです。そうだな、しかし、イエスと聖母に対する無礼な言葉は、ここにいる者たちの魂にはそぐわなかったのだ。気分を害した人には謝ります、悪気はなかったのです、と象遣いは言った。和解を示す呟きがもぐもぐと聞こえてきたが、実のところ、騎士であろうが文民であろうが、ここにいる男たちには宗教的な議論などどうでもよかった、彼らを不安にさせたのは、こんな奥義の話題をこの天空の下でしてもよいのだろうかという恐れだった。壁に耳ありというくらいだから、この星々がいったいどれだけの耳を持っていることか。いずれにせよ、もう寝床に入る時間だった、寝床といってもシーツと毛布の代わりとなるものは、その日ずっと身に着けていた衣服しかなかったが、とにかく雨に濡れなければそれでよい、それはこの隊長が一軒一軒を回って今晩過ごせる場所を数人分は確保してくれた、彼らの寝場所は台所、家畜小屋、藁小屋だったが、それでも今夜は満腹で眠りにつけるのだから、少々の不便にも文句はない。彼らについて、村人たちが、ほとんどは男だったが、象の物珍しさに惹かれて露営所までやってきたが、怖がって二十歩より近くには象の側には寄れなかった。牛一群れぶんの餌となるほどの大量の飼葉を長い鼻で巻き取り、視力は弱いながらに人間どもに厳しい視線を送るソロモンは、市場で競られる家畜とは違う立派な仕事をしていた動物であり、ここで詳しく語るには長すぎる不運な巡り合わせによって仕事を取り上げられ、今は人の情けにすがるほかないのだということがその姿からにじみ出ていた。はじめのうちに、村人の一人が勇気を出して、安全地帯を囲む目に見えぬ境界線を数歩越えてみたが、すぐにソロモンが後ろ脚で蹴るぞという威嚇の動作をして男を追い出した、蹴られはしなかったものの、これで男たちは象の種類について興味深い議論を交わすことになった。雌ラバ、雄ラバ、雌ロバ、雄ロバ、牝馬、雄馬が後ろ脚で蹴りつける四肢動物だということはだれもがよく知っているし、痛い経験をした者もいるはずだ、防御にせよ、攻撃にせよ、あれらはほかには武器を持たぬ動物だからそれもわかる、だが象は、あの鼻とあの歯があり、それに蒸気ハンマーを思わせる巨大な脚がある、さらにはそれだけでは足りぬかのように、強い足蹴りをするのである。一見穏やかそうな風体の象は、必要とあれば猛獣と化す。不思議なのは、先述したとおり、四肢動物に属する、つまりは足蹴りをするのに、蹄がないことだ。ついには、農民の一人がこうぬかした、象ってもんは、見るものはたいしてありゃしない、一回りして見てみりゃそれで終わりだ。みんなそのまま家に戻ってもよかったのだ、心地の良い我が家へと、だが、一人がもう少しここに残ってみんなが火を囲んでどんな話をしているのか聞いてみたい、と言い出した。それで、全員がそちらに向かった。最初はなんの話なのか理解できず、奇妙な音の名前がなんなのかもわからなかったが、しまいにこれは象の話をしているのだ、しかも象が神だという話をしているということがはっきりしてきた。今、彼らは、それぞれが軍人や力仕事の男たちを二、三人ずつ宿泊させるために連れて、自分たちの家へ、心地の良い我が家へと向かっていた。象の側には見張りとして騎士が二人残ったが、それがまた、今すぐにでも司祭に話に行かねばならないという村人たちの思いを強くさせた。どの家も戸締りがされ、村は闇に小さく縮んだ。しばらくすると、そっと戸が開き、五人の男たちが忍び出て、示し合わせていたとおりに広場で落ち合った。この時間、寝床で眠っているに違いない司祭に話しに行こうと決めていたのだ。眠りの神、モルフェウスの腕に抱かれるはずの時間に邪魔が入って起こされると、ひどく不機嫌になることで神父は知られていた。男たちの一人は、明日の朝でもいいんじゃないかと気弱なことを言い出したが、意思が固いのか、あるいは目先が利くのか、ほかの男が反対した、あの人たちがやっぱり夜明けに出発しようと決めていたらどうするんだ、あっと気づけばもぬけの殻、阿呆面した俺らが残されるってことか。男たちは司祭の庭の門にいたのだが、この夜の訪問者のうちのだれ一人としてノッカーに手をかける勇気のある者はいなかった。神父の家の玄関にもノッカーはあったが、主の目を覚ますにはあまりに小さかった。ついには、石のように静まり返った村に響く一発の大砲のごとく、庭のノッカーに命がふきこまれた。さらに二発、ようやく家の中から、だれだ、と短く訊ねる苛立ったしゃがれ声が聞こえてきた。家の外から、間に壁や厚い木製のドアを挟んで神の話をするなぞ、分別にも欠けるし居心地も悪いのは当然だ。大きな声で互いに話を交わすうちに近隣の住民が耳をそばだてはじめ、神学に関する重大な問題は瞬く間に噂の種へと変化するだろう。家の玄関をしぶしぶ開くと、司祭は丸い頭をのぞかせて、こんな時間に雁首を揃えてやってくるとはなにごとだ、と言った。男たちは庭の門から離れて、すり足で玄関のほうに寄っていった。だれか死にそうなのか、と司祭は訊いた。全員が、いいえ、神父さま、と答えた。すると、神の僕は肩にかけた毛布をしっかりと巻いて、ではなんだ、ともう一度訊いた。家の外では話せません、と男たちの一人が言うと、司祭は聞き取りづらい声で言った、外で話せないような話なら、明朝出直すことだ。今、お話しせねばなりません、神父さま、明日では遅すぎる可能性があります、お話ししたいことはとても深刻な問題で、教会のことです。教会のこと、とオウム返しした司祭は突然落ち着きを失った、教会の天井の腐った梁がついに崩れ落ちたかと思ったのだ。はい、神父さま、教会のことです。それなら、入れ、入れ。司祭は男たちを台所まで押し込んだ、そこはまだ薪の燃えさしが赤いまま残っており、灯りを一つつけて腰掛けに座ると言った、話してみろ。男たちは互いをちらちらと見やり、代弁者をだれにするかともじもじしていたが、隊長と象遣いがいる一団の会話を聞きに行こうと言った男が有力候補なのは明らかだった。票を投じて選ぶまでもなく、その男が率先して口火を切った、神父さま、神は象なのです。神父は深々と安堵の吐息をついた、天井が落ちるよりこっちのほうがましだ、それにそんな邪な主張には、簡単な答えの用意がある、そこで、神はあらゆる創造物に宿る、と言った。男たちの頭がうんうんと動いた、だが、自分の権利も責任も心得ている代弁者は言いつのった、しかしそのどれも神ではありません。当たり前だろう、神父は答えた、そんなことになりゃ、この世は神だらけ、われわれもとみんなが勝手なことを言いはじめるだろう。神父さま、わたしらが、いずれは土くれに還るこの耳で聞きましたのは、そこにいる象が神だってんです。そんな面妖なことを言ったのはだれだ、村の者が使わないような言葉を司祭が使うのは、怒っているしるしだった。騎馬隊の隊長と、上に乗って旅している男です。なんの上に乗っているのだ。神です、例の動物です。神父は深く息をつき、極端な手段を講じそうになるのをぐっと押し殺して言った、お前たち、酔ってるな。まさか、神父さま、男たちは声を揃えて否定した、今日び、酔っぱらうなんてできません、ワインが高くて。酔っていないと言うならば、そして、そんな下らない作り話を信じながらも善きキリスト教徒でいたいのならば、今から言うことをよく聞け。男たちは一言も聞き漏らすまいとぐっと身を乗り出し、神父は、喉に水洟が落ちてきた気がして咳払いをした、ぬくい寝床から藪から棒に飛び出して、冷たい外気に触れたせいに違いないと考えながら説教を始めた、お前たちには、告解をさせて、何度かわれらの父よ、アヴェ・マリア、と祈りを唱えさせてから家に帰すこともできる、だが、その顔を見れば信仰の篤さはうかがえる、よし、明日の朝、日が昇る前に、わたしとお前たち、お前たちの家族も、村の者たちも、お前たちが伝えておかねばと思う者みなを連れ、象のところに行こうではないか、象を破門するとかそういうことではない、動物であるからには洗礼を受けてもいないのだし、教会に魂を救済されたこともないのだからな、しかし悪霊に取り憑かれて狂暴になっているその動物を清めてやろう、ガリラヤの湖でおぼれた二千匹の豚の話があるだろう、あれと同じことだ。そこですっと口をつぐんでから、あらためて言った、わかったか。はい、神父さま、とみな口をそろえたが、ただ一人、代弁者だった男だけは自分の役割をますます重く感じて言い出した、神父さま、そのことですが、それでいっつもあたしの頭はこんがらがるんです。なぜだ。なんだって、あの豚たちは死ななきゃならなかったんでしょう、イエスが奇跡を起こしてゲラサ人の身体から悪霊を退散させたっていうのはわかります、でも、その悪霊を、なんの関係もない哀れな豚たちの中に入れて、それで終わりにしちまったのは、よくなかったんじゃないかとずっと思っていたんです、それに、悪霊は死なないんだったら、なんで神は悪霊が生まれるときにすぐに根絶やしにしちまわなかったんですかねえ、だって、豚たちが湖に落っこちる前に悪霊たちはそこから逃げ出したんですよ、イエスの考えは甘かったんじゃないかって思うんですよ。イエスの考えが甘かったなどと、お前は何さまのつもりだ。そう書いてあるんです、神父さま。お前は字が読めんだろう。読めませんがね、聞くことはできます。お前の家には聖書があるのか。ありません、でも福音書だけはあるんです、聖書にあったのをだれかが引きちぎっちまったようで。で、だれがそれを読むんだ。うちの上の娘でさ、まだすらすら読むことはできませんがね、同じところを繰り返し読んでくれるものだから、だんだんよくわかるようになってきました。そのせいで、そんなことを考えたり言ったりするようになったことが異端審問の耳に入ってみろ、一等先に火あぶりになるのはお前だぞ。いずれにせよ、みんないつかは死ぬんです、神父さま。ばかなことを言うものじゃない、福音書は放っておいて、このわたしが教会で話すことをよく聞いておれ、進むべき道をまっすぐ示してやるのはわたしの仕事だ、ほかのだれでもない、近道は遠道ということをよく覚えておれ。はい、神父さま。ここでの話は他言は無用ぞ、ほかの者がこの話をわたしの耳に入れにきた日には、口を滑らした者は最大級の破門を言い渡す、証言をするためにローマまで出向けと言われれば、出向いてやる。そこで神父は口を閉じて劇的な効果を与え、おもむろに訊ねた、わかったか。はい、神父さま、わかりました。明日、日が昇る前に、全員、教会前に集まるように、わたしはみなの導き手であるゆえ、先頭を歩く、そして、わたしの言葉とお前たちの存在とで、信仰のためにともに戦うのだ、よいか、みなで手に手を取れば、きっと打ち勝てる。

　翌朝は霧が深かったが、一人も欠けることなく全員が集まった、つぶしたジャガイモだけで作ったスープのように濃い霧だったが、村の者は迷わず教会まで着いたし、それぞれの家に泊まっていた客人たちはすでに野営地に戻っていた。そこには、母親の腕に抱かれたいとけない乳児から、三本目の脚の役割を担う杖のおかげでなんとか歩ける村の長老まで、全員が集まっていた。百足ほどたくさん脚を持っていないのは幸いだった、百足であれば年老いたときには無数の杖が必要になってくる、それを思えば人間のほうがよほど有利である、よほど重篤でないかぎり、ただの杖でなく松葉杖という三本目の脚があれば事足りるのだ。神の摂理により、そこまでの重傷を負った者は村にはいなかった。村の一団はしっかりとした足取りで進んでいった、自己犠牲をもいとわぬこの英雄的な行為が、きっと村の年代記の新しい一ページを刻むに違いないと、勇気を振り絞ったのだ。われらは働きそして死んだ、というくらいしか記されていない、博識な人間には読むべきところもないような年代記である。女たちのほとんどがロザリオで武装して祈りの言葉を呟いていたが、それには灌水棒［聖水を散水する際に使用する棒］と聖水の入った瓶を携え、先頭を歩く神父を鼓舞する役割もあった。とっくに出立していてもおかしくない騎馬隊は、霧のせいでまだ野営地に留まっており、少人数ごとに固まって簡素な朝食をとっていたが、早起きの騎士たちはすでに馬に馬具をつけていた。村人たちがジャガイモのスープから現れ出てくると、象の見張りを任されている兵の一団は、これが務めと、さっと彼らの前に立ちはだかった。互いの声が届く距離までやってくると、神父は立ち止まって和平のしるしに片手を挙げ、おはようと挨拶をし、象はどこだね、みんなで象を見に来たのだが、と言った。軍曹は、その質問も、見てみたいという彼らの気持ちももっともだと思ったので、あそこの木が並んでいる後ろですがね、象を見たいなら、まずは隊長と象遣《コルナカ》いに話を通してもらいませんと、と答えた。コルナカとはだれだね。上にいる男ですよ。なんの上だって。象ですよ、当たり前でしょう。つまりコルナカとは上にいる、という意味か。どういう意味かは知りませんがね、ただあの男が上に乗るんですよ、コルナカってのはインドの言葉じゃないですかね。このまま永遠に話が終わらないのではというところに、霧の切れ目をくぐって隊長と象遣いがやって来た、集団が向かいあって何をしているのかと気になったのだ。あれが隊長ですよ、と、神父とのやり取りにいささかげんなりしていた軍曹が、これで自分はお役御免だとばかりに嬉々として教えた。隊長は言った、みなさん、おはようございます、何か御用ですか。みんなで象を見たいのです。そこへ象遣いが割って入った、今は時間が悪い、象は目覚めたばかりで機嫌が悪いのです。これに対して神父は答えた、象を見るだけでなく、わたしが導く人々とわたしは、みなで旅の無事を祈るため祝福しに来たのです、ほら、ここに灌水棒と聖水の瓶を持ってきました。それはすばらしい考えですな、と隊長は喜んだ、これまでの道中に行き合った聖職者でソロモンを祝福しようと申し出てくれた人はいません。ソロモンとは、と神父は訊ねた。象はソロモンという名なのです、と象遣いが答えた。動物に人間の名を与えるのはどうだろうか、動物は人ではないし、人は動物ではないのだから。そこは同意しかねます、この長話にうんざりしてきた象遣いは言った。それは、学がある者、ない者の違いだな、と神父は高飛車に言い返すと、今度は隊長のほうを向き、聖職者としての自分の義務を果たさせてもらえるだろうか、と訊いた。わたしはかまいませんよ、ただ、象は象遣いが管理しているもので。スブッロはというと、神父が口を開く前に、どうぞお好きにと快諾したが、その明快な口調が裏には何かあることを感じさせた。さて、読者諸賢には、キリスト教徒としてあるまじきことをしている人間がここに二人いるということをお伝えしておきたい。まずは神父である、その言葉とは裏腹に、持ってきたのは聖水などではなく、井戸の水だった、台所にある水差しから直接注いだもので、形だけの清めの儀式すらもしていない、ただの水だ、そしてお次は象遣いである、彼は何かが起これればいいのにと思い、本当に起こりますようにとガネーシャ神に祈っていたのだ。そんなに近寄ってはだめです、と隊長が注意した、象は高さ三メートルもありますし、重さは四トンは下りませんからね。危険といったってレビヤタン［旧約聖書に登場する悪魔］が入りこんだ畜生ほどではなかろう、それにレビヤタンはカトリック教、わたしが属するローマ・カトリック教会が終生抑え込んでおる。わたしは忠告しましたからね、この先は自己責任ですよ、と隊長は言ったが、それはこれまでの軍隊人生で、勇ましい物言いをした人間が迎える結末はたいてい悲しいものだと何度も見てきたからこその警告だった。神父は灌水棒を水に浸して三歩進み出ると、象の頭の上でそれを振りながら何やら唱えだしたが、ラテン語風に聞こえるその文言を理解する者はおらず、ただ一人、わずかな知識がある人間、つまりは一時期信仰に悩み、神学校に通ったものの問題は自然に解決したという経緯を持つ隊長にすらまったく理解できない言葉だった。祈りに没頭する神父がじりじりと象に近づき、危険領域まで達したのと、スブッロが心中でガネーシャ神に唱えていた祈りの言葉が速まったのと、隊長が神父のあの呪文と振る舞いは悪霊祓いの手引きに準じている、神父は哀れな象が悪霊に取り憑かれていると思っているのだと合点がいったのとは同時だった。この男はおかしいぞ、と隊長が思ったその刹那、突然神父は地面に倒れ、灌水棒も瓶もその手から吹っ飛んで、水も飛び散った。導師を助けんと進み出た村の信徒たちを、混乱でけが人が出るのを恐れた兵隊たちが押しとどめようとしたが、そのときには村の力自慢の男たちの手を借りてすでに神父は起き上がろうとしていた、見るからに左の臀部を痛めてはいたが骨は折れていない、あの高齢と貧弱な身体を考えれば、それは村の守護聖人が起こした最大の奇跡の一つとも言えた。摩訶不思議な謎が謎を呼びこんだあのときに、何が起きたのか、原因がなんだったのかをわれわれはついぞ知ることはないのだが、やはりあれはソロモンの仕業だろう、すぐそこまでに近づいてきた標的に食らわせてやるつもりの足蹴を寸前で思いとどまって力を弱めたのだろうが、神父を転ばすには充分強い力だった、もちろんソロモンには悪気はないし、ましてや殺すつもりなど毛頭なかったが、この肝心のことを知らない神父は、ただひたすら茫然と、天の罰じゃ、これは天の罰じゃと繰り返していた。これ以降、神父の前で象の話題が出ると、というよりも、あの霧の朝、あれだけ大勢の目撃者がいたわけで、当然、村では幾度となく話題になったが、すると神父は、あの一見粗野な動物たちは、実のところは非常に賢い、ラテン語も少々わかるし、普通の水と聖水の見分けもつくのだからな、と必ず言うのだった。足を片方引きずりながら、神父は紫檀のひじ掛け椅子に座りこんだ、司教座のごとく豪奢な装飾が施されたその椅子は、四人の熱心な信者が教会までひとっ走りして持ってきてくれたものだった。一同が村に帰りつくころには、われわれもすでにここを出立していることだろう。だがその前に、村人たちの間で激しい口論が始まった、筋の通った弁論の訓練なぞ受けたことのない人たちだから仕方あるまい、その争点はといえば、どうやって神父を家まで運び、寝床に入れるかという些細なことであったのだが。口論の仲裁として神父は頼りにならなかった、さっきから呆けたようになっていて、村人たちをやきもきさせたが、村の魔女だけはこう言った、慌てなさんな、今すぐ死ぬ兆しは見えない、今日明日にどうこうなることはない、痛めた箇所をよく揉んで、血を腐らせないよう清める薬湯を与えればよい、とにかくただちに喧嘩をやめること、どうせ最後はだれかがだれかの頭をかち割って終わりになるだろう、お前さんたちが今やることは、五十パススごとに担ぎ手を交替しながら神父さまを無事にお運びすること、みんなで仲良くな。魔女の言うことはもっともであった。

人間、馬、牛、象の一隊は濃霧に呑みこまれ、その輪郭すら見えなくなってしまった。われわれは走って追いつくことにしよう。幸い、村の豪腕たちの悶着を見物していた時間はそう長くはなかったから、一隊もそう遠くまでは行っていないだろう。視界が通常どおりだったり、ここまで濃いピュレのようだったりしなければ、牛が牽く荷車や補給部隊の車の太い車輪が柔らかな地面につけた轍《わだち》をたどればすむはずだ、だが今は、地面に鼻をこすりつけたところで人が通ったのかどうかもわからない。人だけではない、先述のとおり、動物だって、牛や馬はかなり重量の荷を運んでいるのだ、それになんといったって、ポルトガルの宮廷でソロモンという名で知られた厚皮動物がいる、円形の足を持つ恐竜がいたとすれば、ソロモンはそれと見紛うばかりの巨大な丸い足跡を残すはずだ。動物といえば、リスボンのだれ一人として二、三匹の犬を同行させることを思いつかなかったのは、信じがたい手落ちである。犬は生命保険であり、正しい方向を知る四本脚の羅針盤だ。持ってこい、と言えば、尻尾を振って、喜びに目を輝かせながら、五分以内にそれを持ち帰ってくる。風はないが、霧は渦を巻きながらゆるゆると動いているかに見える、北風が人となり、遙か北方の氷の国から吹いているのだろうか。いやしかし、この大変な状況下で、たいした詩心もないくせに、張り切って詩的な文章をここで書くのはやめておこう。このとき、一人欠けていることに気づく者が出てきた、そこで後に戻って悲運の遭難者の救出に向かおうと二名が申し出た、はぐれた男に生涯ついて回る臆病者というあだ名をこの二人がつけることがなければ、感謝されて然るべきである。その名ももっとも、と人は言うだろう、あそこでぽつんと座って救いが来るのをただ待っているあの男、恥知らずとはあの男だと。確かに彼はさっきまで座っていた、だがほら、今は立ち上がり勇気を出して一歩を踏み出した、右足を前に出して、運命からも、その仲間の運や偶然からも呪いを振り払った、だが左足を出そうとして今度はためらった、無理もない、ふたたび霧の潮が押し寄せて地面がまったく見えなくなったのだから。三歩目を出したときには、思いもかけないところにある戸とぶつかる衝撃から鼻を守ろうとして顔の前に伸ばした自分の手さえも見えなかった。そのとき、彼はまた一つ思いついたのだ、道はくねくねと曲がっている、足を向けた道がまっすぐでないだけでなく、そのままたどっていくうちに山奥に入ってしまったらどうする、そうなれば間違いなく自分はお終いだ、魂も肉体も消える、それもあっという間に。そして、おお、悲しいかな、そのときを迎えても、涙をなめてくれる犬一匹も傍らにはいないのだ。村に戻って、この霧が散るまで居座らせてもらおうかとも考えたが、もはや方角がわからない、未知の異世界にいるように基本的な方位すらわからないのでは、もう一度地面に座り、運命だか偶然だか幸運だかのどれかが、あるいは総出で、通信の手段もない洋上の無人島のごとき小さな場所まで自分を迎えに来ようという仲間たちを連れてきてくれるのを待つよりほかにないと肚を決めた。自分は、藁の山に落ちた一本の針なのだ。座って三分も経たないうちに、男は眠りこんだ。人間とはまったく奇妙な動物で、取るに足らない悩みで眠れなくなることもあれば、闘いの前夜に両脚を投げだしてぐうぐう眠ったりもする。今回も同じことだった。男は泥のように眠った、もし、ソロモンが、唐突に、遠くガンジスの川辺まで届きそうな、雷鳴のごとき咆哮を轟かせなかったら、今でもまだ眠りこけていたに違いない。仰天して飛び起きた男は、その大きな声がどこから発せられたのか見当がつかなかった、だがその轟きのおかげで彼は凍死せずにすんだだけでなく、狼に襲われる危機からも救われたのだ、なにしろそこは狼がうろつく土地なので、丸腰の人間が一人でいるところに、群れどころか一匹だけでも狼が現われたら、もはや打つ手はない。ソロモンの二度目の呼び声はさらに力強く、喉の奥が静かにゴロゴロ鳴ったかと思うと、象独特の拍子はずれのリズムの咆哮が響き渡った。男はすでに霧を分けて歩きだしていた、あたかも槍を手に突撃する騎士のようではあったが、その心中では、頼む、ソロモン、もう一度頼む、と願っていた。ソロモンは願いを聞き入れてくれた、もう一度声を挙げたが、今回はそこまで力強いものではなかった、なぜなら遭難者はすでに遭難はしておらず、もうすぐそこまで来ていたからだ、そこに補給部隊の荷車がある、人も物もぼやけて細かいところまで見分けられないが、ここでふと、われわれも思う、不穏な考えではあるが、もしこの霧が、人、馬、象の皮膚を、虎も歯が立たないという象の厚い皮膚すらをも毒するものだったらどうする、と。霧はどれも同じではない、ある日突然、ガスだ、という声が挙がったときに、密着するマスクを持たぬ者の行く末や哀れなり、だ。遭難から帰還した男は、馬を牽いて通りかかった兵士に自分の救出を申し出てくれた二人はもう戻ってきたかと訊ねた、すると兵士は、囮捜査官を前にしたかのように不審げな顔で見返してきた、十六世紀の異端審問記録に目を通せばすぐわかるが、当時はそういう捜査官がいくらでもいたのだ、そこで兵士はつれなく答えた、お前、夢でも見たのか、見に行ってくれと頼まれた者などいない、ここまで深い霧となれば、一番理にかなっているのは、われわれがやったとおり、すっかり晴れるまでみんな一緒に待つことだ、だいたい、申し出を請うなど隊長らしくもない、あの人であれば、お前とお前、と指をさして、行ってこいと言うだけだ、それに、隊長は、英雄になるなら全員一緒、でなければ一人もいない、が信条だからな。話はここまで、とでも言うように、兵士は素早く馬にまたがると、それじゃあな、と言って霧に消えてしまった。兵士は言いすぎたと後悔していたのだ。頼まれもしないことをぺらぺらと説明し、許可を受けていないことを喋ってしまった。だが、相手の男は、体つきはそうとは見えなかったが、難所で牛が牽く荷車を押すために雇われた男たちの一人であることは間違いない、ああいう男たちの口は重い、なにより想像力というものがほとんどない、と思い直した。とはいえ、霧で迷子になった男は想像力に不足はなさそうだった、何もない、何も起きていないところから軽々と何かを見出して、自分を救いに来てくれる人間がいたと思いこんでいる。男には信用がなくとも、幸い象は別だ。大きく、巨大で、腹回りはたっぷりとして、その声はどんなに図太い者をも震え上がらせる、ほかのどんな動物も持たないあの鼻、いかな想像力をもってしても、想像で象を作るなぞできるわけがない。象は、存在するかしないか、二つに一つだ。ということで、そろそろ象を訪ねよう、神から授かりし救済のトランペットに感謝しなくては、あの象の咆哮は、もしもここがヨシャパテの谷［最後の審判が行われるという谷］であれば、死者たちをも生き返らせていただろうが、ここはポルトガル領の山奥でしかない、一人の男が見捨てられて凍死しかけた濃霧に沈む場所だ、無理に喩えるまでもなく、男を死から救済し、確かに蘇生させたではないか。あれはあたかも象がこう考えたかのようだった、あの哀れな小男が死にかけているぞ、ぼくが生き返らせてやろう、と。そして今、ここにいるのは感謝の念でとろけそうな男だ、この御恩は一生忘れませんと象に誓っているので、とうとう象遣いが訊ねた、そんなに感謝されるようなどんなことをソロモンがしたのですか。ソロモンがいなければ、あたしは凍死するか狼に食われちまうかのどっちかだったんですよ。ソロモンがどうやってそんなことを、目が覚めてから一歩もここを出ていないというのに。そこから出ることなんざ、ありゃしません、あたしが霧の中で迷っちまったとき、一声鳴いて助けてくれたんです。ソロモンが何をしたかと一番心得ているのはこのぼくです、だから象遣いと呼ばれているのです、それなのに、象の鳴き声を聞いたなんて嘘八百はやめてください。一回どころじゃありません、いずれ土くれに還るこの耳は、三回鳴き声を聞きました。象遣いは考えた、この男は完全にイカれちまっている、霧の熱でやられちまったんだな、きっとそうだ、そういう話を聞いたことがあるもの。それから、大きな声で言った、象が鳴いたか鳴かないかを言い合ったところで堂々巡りです、そこにいる人たちに象が鳴くのを聞いたかどうか、確認してください。そこにいる人たちとは三人組の男のことで、その風采ときたら歩くたびに輪郭がにじんでぼやけてゆらゆらと揺らめいて見え、こんな悪天に揃ってどこに行くんだと、思わず声をかけたくなるほどである。だが、象の呼び声を聞いたと言い張る男がそんなことは訊ねなかったのをわれわれは知っているし、男たちがどう答えようとしていたのかも知っている。だが、わからないのは、これが互いに関係があったのか、どれが、どのように、関係したかということだ。確実なのは、まさにそのとき太陽が現れ、大きな光の箒のように霧を破って遠くへと追いやったことだ。いつもと同じ風景が戻ってきた、石も、木々も、渓谷も、山々も。三人組はもうそこにはいない。象遣いは何かを言いかけて口を開いて、また閉じた。象の声を聞いたと言い張る男は急にしおしおと萎びてきて、縮んで丸みを帯び、シャボン玉のように透明になった、十六世紀当時の質の悪い石鹸で、どこかの天才が発明した水晶玉のような美しい玉が作れたならばの仮定ではあるが、とにかく男は突然視界から消え失せた。ポン、と消えてなくなったのだ。オノマトペというものは、ときに大変有用である。この男の消滅の過程を委細に語ろうとすれば、十ページは必要だっただろう。ポン。

おそらく環境の変化ゆえだろうが、隊長は妻と子どもたちのことをしばしば考えている自分に気づいた、妻は妊娠六か月、上の息子は六歳、下の娘は四歳。未開の野蛮人であった時代から抜け出て間もないこの時代の無骨な人間が、用途の少ないこうした繊細な感情に気を払うことはめったにない。このとき、この国の国民性を明確に定めて一貫性あるものとするサウダーデ「不在の人や物への甘美な記憶と、それを取り戻したいと懊悩する願いが原因となって引き起こされる感情形態。記憶、願望、愛、不在、甘美、苦痛、ノスタルジーなどの様々な要素と関係するこの感情は極めてポルトガル的といわれ、ポルトガルのアイデンティティを規定するものの一つとされる」という感情が紆余曲折を経てすでに形をとりつつあったものの、その副産物はまだ一般的な人生観には組み込まれていなかったため、日常的な社会生活ではしばしばコミュニケーションの障害を引き起こしもし、個人が自らと対峙する際にもかなりの困惑をもたらした。たとえば、常識に照らせば、隊長、どうです、奥さんとお子さんたちのことを思う気持ち、それはサウダーデですか、と面と向かって訊ねるのはいただけない。隊長がそれなりの嗜好と感覚を持ち合わせている人間であるということは、ここまでのさまざまな局面から見て取れるし、慎重な人物と見られるために、当然、できるだけ思慮深くあろうとしてもいるが、それでも、そんな野暮な質問をされれば、曖昧にぼやかした返事をするだろうし、訊ねたほうは、隊長の夫婦生活は大丈夫かと真剣に憂慮することになるだろう。隊長がセレナーデを歌ったことがないのは確かだし、われわれが知る限りでは、ソネットの一行も書いたことはないはずだが、だからといって、ほかの人間が精巧に構築した美の愛で方も知らないというわけではない。たとえば、今回の旅にだって、とある宝を布で包み、背嚢に入れて持参してきてもよかったのだ、もっと戦に近い行軍で持ち歩いたこともあるのだから。だが、今回、それは安全な自宅に置いてきていた。給金は少ないうえ、遅れることもざらだったので、贅沢を楽しむなど一介の軍人には到底できなかったが、十二年ほど前にどうしても手に入れたい宝物があった隊長は、代わりに飾帯［肩から斜めにかけて剣などをつる帯］を売ったのだった、高級な素材に凝ったデザインと豊かな装飾が施されたそれは、戦場よりも社交場で身に着けるほうがふさわしい、母方の祖父から受け継いだ逸品で、だれの目にも羨望の色をかきたてるきわめて美しい帯だった。それを売って隊長が手に入れたのは、同じ装飾品ではなく、アマディス・デ・ガウラと題した分厚い書物だった、著者は、愛国的識者の主張によれば十四世紀のポルトガル人、ヴァスコ・デ・ロベイラということになっており、もとの原作にガルシ・ロドリゲス・デ・モンタルボが少々冒険譚と恋愛譚を加筆し修整したカスティリャ語版が一五〇八年に出版された。隊長は、自分の本が贋作ではないか、つまり今日でいうところの海賊版なのではと疑っていた、つまり、不法な売買は、かほど古くから横行していたのだ。ソロモンが、といってもこれはイスラエル王のことで、象ではない、

おかげさまで
20周年！

書肆侃侃房
Shoshikankanbou

月面文字翻刻一例

川野芽生

本体1,700円＋税　978-4-86385-545-

誰もが探していたのに見つからなかった
お話たちが、こうして本に育っていたのを
みつけたのは、あなた。――円城塔

第65回現代歌人協会賞を受賞した歌集『Lilith』など、そのみずみずしい才能でいま最も注目される歌人・作家、川野芽生。
書き下ろしの「天屍節」など全51編を収録した待望の初掌編集。

Turn! Turn! Turn!

東山彰良

本体1,600円＋税　978-4-86385-541-

直木賞作家の最新エッセイ集。
いつかは自分だけの一文に出会える。
まずは求めよ。話はそれからだ。

小説と旅は似ている。物語を突き動かすのは葛藤だが、旅だってそうだ。私たちは、自分では処理もできなければ理解もできない衝動に突き動かされて最初の一文、もしくは最初の一歩を踏み出す。魂に抱えこんだ葛藤をどうにかなだめるために。小説と旅がこれからの私を定義していく。今回はその手始めだ。(本文より)

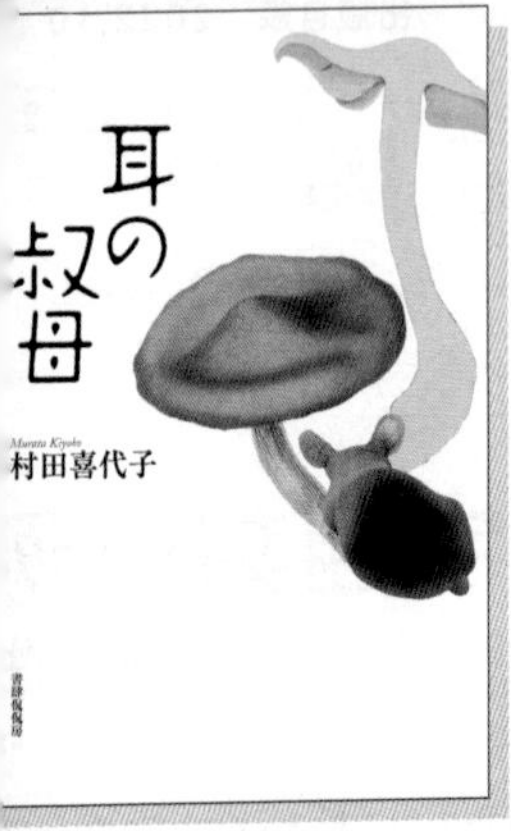

耳の叔母　村田喜代子

本体1,700円＋税　978-4-86385-547-2

怖れと闇と懐かしさ
ムラタワールドの「短編愛」

短編はコロコロと手の上で転がしながら考える。うまく芽がでてすくすく伸びると、やがてひとつの「話」がひらく。

芥川賞作家、村田喜代子の選りすぐりの短編8編を収録。

美とおののきの短編アンソロジー。


「女の子って、夜見るとなんだか気味悪いな」とつぶやいた。蛍見物の人の群から離れて、わたし達は明滅する火に囲まれていた。それらの火は、わたしが「消えろ」と心に思うと消え、「点いて」と思うと本当に点くような気がした。わたしは沢山の蛍を従えて、タケオの前に立っているのだった。「あたしがこわいの？」（「流れる火」より）

モトムラタツヒコの読書の絵日記

モトムラタツヒコ

本体1,500円＋税　978-4-86385-550-2

「書評ではない。絵日記である。」


2018年よりスケッチブックに描き続けた読書の絵日記。手描きイラストと手書き文字で、本の虫こと、モトムラタツヒコが、紀行、エッセイ、外国文学、落語、プロレス、絵本など、むさぼるように読んで描いた！

2018～2022年までに描いた読書の絵日記、全106作品を収録

KanKanTrip Japan 11

日本全国タイル遊覧　吉田真紀

本体1,900円＋税　978-4-86385-544-1

祝・タイル名称統一100周年！


まちを歩くとタイルに出会う。素敵な空間にはタイルがある。

珠玉のタイルを探しに、旅に出よう。

北海道から沖縄まで、全国をめぐって集めた偏愛タイル46選

赤の自伝　アン・カーソン　小磯洋光訳

本体2,200円＋税　978-4-86385-539-7

ノーベル文学賞最有力とも言われるアン・カーソンの代表作。

怪物と英雄が恋をした。言葉が存在を解放する。
古代ギリシアの詩人ステシコロスが描いた怪物ゲリュオンと英雄ヘラクレスの神話が、ロマンスとなって現代に甦る。詩と小説のハイブリッド形式〈ヴァースノベル〉で再創造された、アン・カーソンの代表作ついに邦訳。

雨に打たれて　アンネマリー・シュヴァルツェンバッハ作品集

アンネマリー・シュヴァルツェンバッハ　酒寄進一訳

本体2,000円＋税　978-4-86385-540-3

山崎まどかさん推薦！

1930年代、ナチスに迎合する富豪の両親に反発し、同性の恋人と共に中近東を旅したスイス人作家がいた。同じように世界に居場所を失い、中近東に流れ着いた人々がいた。旅先で出会った人々を繊細な筆致で描いた、さすらう魂の吹き溜まりのような短編集。

現代台湾文学選3　愛しいあなた

劉梓潔著　明田川聡士訳

本体1,900円＋税　978-4-86385-546-5

何を書くか、どうコラージュするのか、その細かな取捨選択に宿る煌めき。読みながら、自分が出会ってきたあらゆる愛しい人を思い浮かべたけれど、読み終える頃にはこの小説が、愛しいあなたになっていた。
――金原ひとみ（小説家）

『父の初七日』監督・脚本のエッセイ・リウ。映画の原作エッセイがベストセラーとなった作家の最初の短編小説集。初邦訳。

Woman's Best 15 韓国女性文学シリーズ12

終わりの始まり　ソ・ユミ　著　金みんじょん　訳

本体1,600円＋税　978-4-86385-538-0

恋の記憶、家族の記憶、残酷で美しい春の記憶。ソ・ユミは、私たち自身の傷と記憶を呼び覚まし、時の流れとは何かを伝えようとする。私たちはいつだって、人生の新しい章を始められるのだ。――櫻木みわ（小説家）

1970年代生まれの韓国女性作家、チョ・ナムジュ、ファン・ジョンウンなどと並び、韓国文学界を背負う一人であるソ・ユミ、待望の初邦訳。

kankanbou.com

株式会社　書肆侃侃房　@kankanbou_e
福岡市中央区大名2-8-18-501　Tel：092-735-2802
本屋＆カフェ　本のあるところ ajiro　@ajirobooks
福岡市中央区天神3-6-8-1B　Tel：080-7346-8139
オンラインストア　https://ajirobooks.stores.jp

メディアにぞくぞく出演！木下龍也の第一、第二歌集

新鋭短歌シリーズ1
つむじ風、ここにあります
本体1,700円＋税　978-4-86385-111-5

夕暮れのゼブラゾーンをビートルズみたいに
歩くたったひとりで

ハンカチを落としましたよああこれは僕が鬼だということですか
自販機のひかりまみれのカゲロウが喉の渇きを癒せずにいる
鮭の死を米で包んでまたさらに海苔で包んだあれが食べたい

現代歌人シリーズ12
きみを嫌いな奴はクズだよ
本体1,900円＋税　978-4-86385-222-8

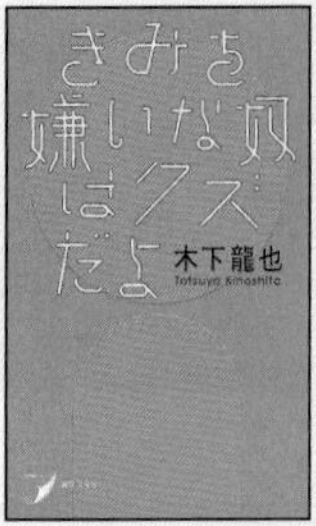

この歌集は余白ばかりで、言葉が寂しそうだ。それなら
いっそ俺に下さい。曲を付けて音楽にしてしまいたい。
それ程に素晴らしい。――クリープハイプ 尾崎世界観

あとがきに「ぼくを嫌いな奴はクズだよ」と書き足すイエス・キリスト

KanKanTrip Japan 7
長崎・五島　世界遺産、祈りが刻まれた島
江濱丈裕
本体1,700円＋税　978-4-86385-399-7

**連続テレビ小説「舞いあがれ！」の舞台として
いま話題の長崎・五島！**
**かくれキリシタンに思いを馳せ、五島をめぐる――　五島列島
で生まれ育った著者が、島の日常や教会、歴史を紹介**

post card

恐れ入りますが、切手をお貼りください

810-0041

福岡市中央区大名2-8-18
天神パークビル501

書肆侃侃房 行

フリガナ
お名前　　　　男・女　年齢　　　歳

ご住所　〒

TEL（　　　）　　　　ご職業

e-mail：

※新刊・イベント情報などお届けすることがあります。　不要な場合は、チェックをお願いします→□
　著者や翻訳者に連絡先をお伝えすることがあります。　不可の場合は、チェックをお願いします→□

□注文申込書　このはがきでご注文いただいた方は、**送料をサービス**させていただきます。
※本の代金のお支払いは、本の到着後１週間以内にお願いします。

本のタイトル	冊
本のタイトル	冊
本のタイトル	冊

愛読者カード

□本書のタイトル

□購入された書店

□本書をお知りになったきっかけ

□ご感想や著者へのメッセージなどご自由にお書きください

※お客様の声をHPや広告などに匿名で掲載させていただくことがありますので、ご了承ください。

◀こちらから感想を送ることが可能です。

書肆侃侃房　http://www.kankanbou.com　info@kankanbou.com

太陽の下では新しいものは何もないと説いたのは、いかにも正しかった。聖書の時代も現代も起きる出来事はそう変わらないなどとは想像し難いが、それも、西洋文明を手探りで作っていた時代とその時代とがよく似ていることから、きっと抒情的、牧歌的、田園的だったのだろうと、われわれが無邪気にも信じ切っているだけなのだ。

隊長は、アマディスを、四度か五度、再読していた。騎士譚であるからには、付け根から断ち切られた脚や腕、腰から切断された胴体など、血まみれの戦場シーンの描写には事欠かないが、それにしても当時の聖なる騎士の怪力のすさまじいこと、なにしろ当時はバナジウムだのモリブデンだの切れ味のよい合金の素材など知られてもいなければ、存在すら想像もつかなかったのだ、それが今日ではどこの台所にもある包丁に使われているのだから、われわれが正しい方向に進歩してきたことがよくわかるというものだ。書物では、アマディスとオリアナの波瀾万丈の恋路について、明るく、微に入り細を穿って描写されている。それぞれ、父親は王だというのに、アマディスのほうは母親に疎まれて、まだ赤ん坊のころに剣とともに木箱で海へと流され、その運命は潮と波が決めることとなった。オリアナは、父親に命じられてローマ皇帝と無理やり婚約させられる、だが、オリアナは、自身が七歳、アマディスが肉体的にはすでに十五歳にも見えた十二歳のころからずっと、その愛情も希望も彼に捧げていたのだ。二人は一目会ったときから互いを見初め、その愛情は終生少しも変わることはなかった。これは騎士の武者修行が神の御業を遂行する、つまりはこの世の悪を退治することを目的としていた時代のことだ。そしてまた、愛とは極端かつ過激であってこそ真のものである、という時代でもあり、絶対的な貞節は聖霊の賜物で、肉体が食べること、飲むことを欲するのと同じように自然なこととされていた。肉体の話になったついでに言うが、アマディスの身体はどうなっているのか気になるところである、完全無欠なオリアナの身体を抱きしめたときに、あんなに傷だらけだったのだから。バナジウムもモリブデンもなかった当時の武器の切れ味は鈍かっただろうが、鎧や鎖帷子の脆さも、物語の語り手は隠そうともしていない。一太刀振るわれれば兜はひとたまりもなく、中の頭蓋は簡単に割れた。みんな、あの時代をよくぞ生き抜き、現代まで繋いでくれたものだと恐れ入る。これこそが自分のやりたいことだと隊長はため息をついた。この隊長という地位を捨てて騎士になってもよいと思ったりもした、新たなアマディス・デ・ガウラとなって島の浜辺を駆け、神の敵が隠れ潜む森や山へと斬り込んでいくのだ。平和な時代のポルトガル騎馬隊長という役目のなんと退屈であることよ、頭を巡り巡らせて、手持ち無沙汰な昼の時間をうまく潰せる何かを見つけなければならない。隊長は、アマディスが馬で険しい岩山を越えるところを想像してみた、馬の蹄を傷める無慈悲な石が転がる道を行き、そろそろ休憩しませんかと従士のガンダリンに声をかけられているところを。こんな願望を夢想しているうちに、隊長の思考は文学から逸れ、与えられた任務の遂行とは、という軍規において最も基本的なことへと流れていった。もしも、カスティリャまで広大な原野を淡々と進むソロモンと一隊の姿を想像したジョアン三世の思考の中にあのとき隊長が入りこむことができていたら、今ごろはこんなところにはいなかっただろう、坂を上ったり下りたりすることも、危険な崖の際を歩いたりすることもなければ、なんとかたどっていた轍が荒石や片岩のせいで消されているせいで、あまり遠回りをしなくてすむ道を牛飼いが必死で探す必要もなかっただろう。国王が自ら意見を言うことはなかったし、だれ一人としてこんな些細なことで国王にご意見伺いをしようとする者もいなかったので、騎馬隊の将軍は、うむ、カスティリャの原野を行く道程が最善かつ労も少ないだろう、実際、田園を散歩するようなものだ、と許可したのだ。ということで、行程については再考の余地なしと見えたところで、たまたまこの話を耳にした秘書官のペロ・デ・アルカソヴァ・カルネイロが割って入ってきた。陛下、田園の散歩などと言われておりますが、わたくしにはあれでよしとは思えません、用心には用心を重ねませんと、よくない結果が、しかも非常に重大な結果が待っているやもしれません。どういう意味か、秘書官。よろしいですか、カスティリャを通っている間に物資補給の問題が生じたらどうします、水にせよ食料にせよ、地元の人間がこちらとの売り買いはごめんだと言い出したら、たとえ村人はそれで損するとわかっていてもです。確かに、そういうこともあるかもしれぬな、と王は認めた。そしてまた、こうも考えられます、向こうによくいる野盗団です、ここよりもずっと多いらしい、象の護衛が手薄いと思われたら、兵士三十人なんて、やつらには造作もないでしょう。その点は賛同いたしかねます、秘書官殿、と将軍が割り込んだ、もしもポルトガル兵士がテルモピュライの戦い［紀元前４８０年、ギリシャのテルモピュライで、ギリシャ軍とアケメネス朝ペルシアの遠征軍の間で行なわれた戦闘］に参戦していたならば、どちらの側についたにせよ、結果はまったく違っていたはずです。これは失礼しました、輝かしい我が軍の勇壮ぶりをくさすつもりは毛頭ございません、そうではなく、野盗の一味は象牙が高価と知っているやもしれません、大勢で攻撃をしかけてきて、象を殺して牙を盗んだら、ということです。しかし象の皮膚は弾丸をも通さないと言うではないか。かもしれません、とはいえ、ほかの殺し方もありましょう、陛下、よろしいですか、もしマクシミリアン大公への贈物を、あろうことかスペインの領内で、盗賊との小競り合いのせいで失いでもしたら、こちらの面目は丸つぶれでございます。それでは、秘書官、どうすればよいか考えてはくれまいか。カステロ・ロドリゴへと通じる道はほかには一つしかございません、われらが国土内で、国境に沿って北へと進む道です。あれは道が悪い、秘書官殿はご存じないのでしょう、と将軍が言った。存じておりますとも、しかしほかに手立てがございません、それに、この旅程ですと、さらによいことがございます。どういうことだ、秘書官。通る道がほぼ、我が国の土地だということでございます。細かいことだが重要なことだ、まったく、我が秘書官には万事が想定内だな。

　この会話から二週間後、秘書官ペロ・デ・アルカソヴァ・カルネイロにも、想定外の事態があることが明らかになった。大公の秘書官の飛脚が持参した手紙には、こちらの気を逸らすために飾り文句が連ねられてはいるが、要するに、国境のどの地点で象は入ってくるのかを訊ね、そこでスペインあるいはオーストリア軍の分隊が受け取るよう手配するということが書いてあったのだ。秘書官は、件の場所はカステロ・ロドリゴとなるという返信を同じ飛脚に託すと、迎撃のための隊の組成に着手した。イベリアの両国間の平和な関係を考えると、ずいぶん大げさであるし、目的から外れているように見えるかもしれないが、ここでペロ・デ・アルカソヴァ・カルネイロの才である第六感が働いたのだ、スペイン側の秘書官の書簡にあった、受け取る、という一言が気に障った。あの男、こういう場合は、お迎えする、あるいは歓迎する、と言うべきであろう、やつめ、語るに落ちたか、あるいは、うっかり口が滑ったな。騎馬隊の隊長には、講じる手段の指南を幾通りか伝えておかねばなるまい、とペロ・デ・アルカソヴァ・カルネイロは考えた、相手もこちらと同じ肚であった場合に備えておこう。この数日後、場所を変えてこの戦略の概要が今まさに伝えられるところだ。隊長、馬が二頭、後方より走ってきます。隊長がそちらを見ると、武装した騎士が、脚幅も広く馬を駆って急速に近づいてきていた。軍曹は隊に注意を呼びかけ、幾人かの射手に命じ、敵にせよ味方にせよ、駆けてくる馬に銃の狙いをひそかに定めさせた。手綱を引かれた馬たちは、四肢を震わせ、口から泡を噴いて止まった。二人の男は会釈をして片方が名乗った、ペロ・デ・アルカソヴァ・カルネイロ秘書官殿の飛脚であります、象の護衛隊隊長殿にご伝言を申し付かっております。隊長はこの私だ、と告げると、男は背嚢を開いて、国家秘書官の公印で封蠟された四つ折りの紙を取り出して渡し、隊長はそこから二、三十歩離れてそれを読んだ。そして双眸を輝かせて戻ってくると、軍曹を脇に呼んで命じた、軍曹、飛脚の二人に食事をさせ、帰路用の糧食も与えよ。承知いたしました、隊長殿。全員に伝えよ、ここから先は強行軍として進軍する。承知しました、隊長殿。今日の午睡は途中で切り上げろ。承知しました、隊長殿。スペイン人たちよりも先にカステロ・ロドリゴに到着せねばならん、それは可能なはずだ、やつらは準備ができていないが、こちらはできている。到着できなかったらどうしますか、と軍曹は思い切って訊ねた。なんとしても到着するのだ、先に着いたほうが相手を待つ側になる。そんな単純なこと、先に着いたほうが待つだなど、そんなことを言うためだけにペロ・デ・アルカソヴア・カルネイロ秘書官が手紙を寄越すはずがない。これは、何かあるに違いない。

翌日、狼が現われた。これまでずいぶん話題に上り、狼どももそろそろ出番だと思ったようだ。猛々しさがないのは、狩りをしてきたあとだからだろう、夜の終わりの狩りに成功して腹はくちかったし、ここのように五十人以上の人間がいるうえ、その多くが武器を所持する一隊に対しては敬意を払っておとなしくしている、狼は悪さもするが、愚かではない。自分と相手の力量を相対的に測ることに長けている狼は、熱情に身を任せることも、分別を失うこともない、それはおそらく狼には栄光を味わうための旗もなければ応援の楽団もいないからだろう、攻撃をしかけるのは勝つときだけだ、とはいえ、後ほどご覧いただくように、この定則にも例外はある。この狼どもは象を見たことがなかった。一匹くらいは想像力に富んだのがいて、といっても狼に人間の心理過程と同等の思考があればの話だが、これだけの肉があれば群れのみんなの口をまかなえる、巣穴から出れば、そこに昼食、夕食、夜食がいつでも準備万端、これは願ったり叶ったり、と考えたとしても不思議はない。このイベリア狼、ラテン語名カニス・ループス・シグナトゥスは、この象の皮膚は弾丸も通らないということは知らなかったのだが、一方で、弾丸といっても現代のものとは雲泥の差があるということは心得て然るべきである、当時のものはいったいどこへ飛んでいくのかも当てにならなかったということだ、そして象の皮膚は、カステロ・ロドリゴへの道程が新しい段階に入り準備に大わらわの人間、馬、牛の一団が繰り広げる賑やかなショーを小山の上から見下ろす狼の亜種の三匹の歯も立たない。だが、生きるため、目に入るものには食らいつくという鍛錬を重ねてきた三匹が示し合わせて襲ってきたら、ソロモンの皮膚とて長くはもたないということも充分ありえる。男たちは狼に気づいていた、一人が近くの仲間にこんなことを言った、もしあそこにいるような狼に襲われて、身を守るのに棒が一本しかない場合は、棒に食いつかれないように用心するんだ。なぜだ、と仲間のだれかが訊いた。狼は棒に歯を立てたまま少しずつ近づいて、一気に飛び掛かってくるんだ。悪魔みたいな獣だな。だが、狼は、もともと、人間の天敵ではないんだ、そう見えるかもしれないが、狼がこの世で与えられた自由を享受するのを邪魔しているのは人間のほうなんだ。どっちにしても、あそこにいる三匹は悪そうにも見えないし、こっちを見て何かたくらんでいるようにも見えないな。腹が空いていないんだろう、それに襲おうにもこっちの人数が多すぎる、ここにいる馬なんて、最高級のごちそうだろうがな。やつら、向こうに行くぞ、と兵士の一人が叫んだ。そのとおりだった。あの丘にやってきてから、じっと身動き一つしなかったのに、今は、深い靄に包まれたそのシルエットが、歩くというよりは滑るように一匹ずつ姿を消していった。またやって来るだろうか、と兵士が訊くと、狼のことを知っている男は、来るかもしれない、俺たちがまだここにいるかを確かめたり、怪我した馬が残されたりしていないか、見に来ることもあるだろう、と答えた。向こうのほうで、出立準備を告げるラッパが鳴った。三十分ほどして、一隊は重々しく動き出した、先頭には牛が牽く荷車、次に象と力仕事をする男たち、それから騎馬隊、しんがりは補給部隊の荷車である。みんな、疲れていた。ソロモンに疲れが見えると、象遣いはすでに隊長に伝えていた、リスボンからここまでの距離のせいだけでなく、足元の悪い道のせいでもあった、あれを道と呼ぶならば、であるが。あと一日、少なくとも二日のうちにはカステロ・ロドリゴが見えてくるだろう、と隊長は言った、われわれのほうが先に到着して、スペイン人が遅れればそれだけ象も休むことができる、ソロモンも、ここにいるみんな、人間も家畜たちもだ。しかし、われわれのほうが後だったらどうなるのですか。向こうがどれだけ急いでいるか、どのような命令を受けているかによるだろう、あっちも少なくとも一日くらいは休みたいはずだ。われわれの運命は隊長の手中にあります、わたしとしては、最後まで、隊長のためになることが、自分たちのためになることを願うまでです。そうなるだろう、と隊長は言うと、馬に拍車をかけて先頭まで行き、牛飼いを励ました、なんといっても、牛飼いの手綱の引き具合に隊全体の進むスピードがかかっているからだ。さあさあ、その牛どもを動かしてくれ、カステロ・ロドリゴはもう近い、屋根の下で一晩眠れるまであと少しだ。人間らしい食事もしたいものだが、どうだかね、と、聞こえないように牛飼いはぼそりと呟いた。とはいえ、隊長の命令を聞き流すわけにもいかない。首を突つかれ、強い口調で言葉を掛けられると、牛たちはとたんに足を速め、そのまま牛飼いが焚きつけていられる十分から十五分くらいはその速度を保っていた。ようやく野営地に着いたのは日も暮れてからのことで、みな、くたびれすぎて息も絶え絶え、腹は空っぽなのに食欲は失せていた。幸い、狼たちはやってこなかった。もしもやってきていたら、野営地を半周して、食べごろの馬を好き放題に選べただろう。そんな恐ろしい奇襲があったら大混乱だったはずだ、引きずって持ち去るには馬は大きすぎるとはいえ、もしそんなことが起きていたなら、狼が陣地に入りこんだことに気づいた人々の阿鼻叫喚たるや、描写する言葉もなかったはずだ、その場にいる人間は、次は自分の番かと震えあがっただろう。そんな修羅場を免れたことを天に感謝を捧げよう。もう一つ、ロドリゴ城の堅牢な塔が見えてきたことにも天に感謝を捧げたい、思わず、あなたは今日わたしと一緒に楽園にいる〔新約聖書ルカによる福音書二十三章四十二節〕、とどこかで聞いたような台詞を言いたくなるではないか。あるいは、今日はみんなで屋根の下で眠れるぞ、という現実的な隊長の言葉でもいい、楽園とは人それぞれで、フーリー〔イスラーム教の天女たちの総称。天国にきた男たちの性の相手をするが、永遠に処女であり続ける〕がいようといまいと、自分がどんな楽園にいるのかを知りたいならば、扉から覗いてみればよい。北風から身を守れる四方の壁、雨や夜露をしのげる屋根がある、それだけで、たいそうなものがほかにはなくても、この世で居心地よく暮らせる場所となるだろう。あるいは甘美な楽園にすら。

ここまでこの物語を読みこんできた諸賢であれば、ソロモンが村の神父を蹴り飛ばした愉快なエピソード以降、ほかの地域の住民たちとの出会いについての描写がないことにお気づきだろう、あたかも、ヨーロッパの文明国ではなく砂漠でも横断しているかのようだ、小学生でも知っているとおり、ここは世の中に新世界を知らしめた国であるというのに。村人との出会いはあったが、どれも行きずりだった、つまりは、みんなだれが来たのかを見ようと家から出るし、象と顔と顔を突き合わせもした、驚きと恐怖で十字を切る者もいれば、同じ恐怖のせいではあっても笑いだす者もいたが、これはおそらく象の長い鼻のせいだろう。だが、それらは、カステロ・ロドリゴの村から大勢の子どもたちと暇そうな大人たちが数人、象の旅の報せを聞いて駆けつけてきたときの熱狂とは比較のしようもない。それが、象ではなく報せが、どうやって村に届いたのかはわからないが、象の到着までは今少し待たねばならない。緊張と興奮で気が昂っている隊長は、もうスペイン軍は到着しているかと年嵩の子どもに訊ねてこいと軍曹に命じた。訊ねられた少年はガリシア人なのだろう、質問に対して質問で返してきた。スペイン人がなんでここまで来るの、戦争になるの、と。いいから答えろ、スペイン人はもう来たのか来ていないのか。ううん、兵隊さん、来てないよ。答えが隊長のもとに届くや、その口元には得も言われぬ満足気な笑みが浮かんだ。間違いない、幸運の女神はポルトガル軍にほほ笑むことにしたようだ。

　そこから村に入るまではさらに一時間かかった、男たちと動物たちは疲労困憊、村人たちが拍手で出迎えてくれたが、返礼に手を挙げることも、自分の耳を引っ張って感謝の合図をすることもできなかった。ロドリゴ城の司令官がみんなを練兵場まで案内した、そこなら、この規模の隊であれば十隊は入れそうだった。城の管理人の親族の三名が待機していて、男たちが寝泊まりする場所を隊長が検分するのに同行し、スペイン人たちが城外で野営をしないと決めた場合に備えて彼らのための場所もぬかりなく用意してあった。その後、隊長が司令官に挨拶に行くと、司令官は、おそらくスペイン人は城壁の外に野営をするでしょうが、とにかくそれで、悶着が起きる可能性がだいぶ減りますな、と言った。悶着があるだろうとなぜお思いですか、と隊長が訊ねると、スペイン人は信用なりませんからね、皇帝を戴いて以来［当時のスペイン国王カルロス五世は神聖ローマ帝国の皇帝でもあった］、つけあがっているんですよ、かてて加えて、スペイン人じゃなきゃあオーストリア人が来るっていうんですから。オーストリア人は悪人ですか、と隊長は訊ねた。自分たちが一番偉いと思っていますね。それはありがちな罪ですな、たとえば私は、つい自分のほうが兵士たちより上だと思ってしまいますし、兵士たちは力仕事を手伝うために雇われた男たちより自分たちのほうが上だと思っていますから。象はどうです、と司令官は笑いながら訊いた。象は別です、あれはこの世のものではありません、と隊長は答えた。象がやってくるのを窓から見ましたよ、たしかに、あれはたいそうな動物ですな、もっと近くでも見てみたいものです。いつでもどうぞ。はてさて、餌を与える以外に、どんなことをしてやれますかな。今のうちに申し上げておきますが、あの動物は相当な大食らいです。そうと聞いております、象の飼い主になるのはやめておきましょう、私はしがない田舎の城の司令官ですから。国王でも大公でもない、と。そのとおり、国王でも大公でもないので、相応のものしか持たないのですよ。隊長は立ち上がった、お邪魔しました、あらためて、ご歓待いただき礼を申します。これは国王陛下への奉仕です、村にご滞在中は我が家にご投宿ください、そのときこそ本当に我が客人となりましょう。ご配慮いたみいります、お誘いはたいへん光栄ではありますが、わたしは隊員たちと共にいなければなりません。そうですね、それでは仕方ありません、しかし近いうちにぜひ晩餐にはお越し願いたいものです。喜んで、しかし、それもこれからどれだけ待つかによりますな、スペイン人が明日、あるいは今日にでもやってきたらどうでしょう。あちら側には見張りを立てておりますので、動きがあれば報せが入ります。どのようにですか。伝書鳩ですよ。隊長はいぶかしげな顔になった、伝書鳩ですか、噂に聞いたことはありますが、正直なところ、鳩がそれほど長時間飛んでいられるのか疑問です、往復すると大変な距離となるでしょう、方角も間違えずに、生まれた鳩舎まで戻ってくるのですか。そのうちご自身の目で確かめられるでしょう、よろしければ、鳩が到着したときにお呼びしましょう、そうすれば鳩の脚にくくりつけられた伝書を外して読むところもご覧いただけますから。そんなことが本当にできるのなら、鳩の力も借りずに伝書が空を飛んでいく日も近いでしょう。それはさすがに難しそうだ、と司令官は笑うと、だが、世界がある限り、どんなことも起こり得ます。世界がある限り。なくなっては困ります、隊長殿、世界は不可欠です。ご多忙の身をこれ以上邪魔するわけにはいきませんな。楽しい話をさせていただきました。こちらこそ、司令官殿、この長旅のあとでは一杯の清涼な水のようでした。ああ、水の一杯も差し上げませんで。次にお目にかかったときに頂戴します。拙宅でお待ちしております、石段を下りる隊長に司令官が声を掛けると、隊長も答えた、必ず伺います。

　城に入るなり、隊長は軍曹を呼び、力仕事のために雇った三十人の男たちのこれからについて指示した。彼らの仕事はここで終わったので、明日は一日休ませてやり、明後日には帰路につかせよ、補給部隊に相応の糧食の準備をさせるのだ、三十人ということは口も舌も三十、無数の歯があるということだ、当然、リスボンに着くまでの日数分の糧食を渡すことはできない、だが、そこは道中、各自になんとかしてもらおう、どこかで働くなり、あるいは。あるいは、盗むなり、と、隊長が最後までは言わなかった言葉を軍曹が継いだ。各自、自己責任でできることをして対処せよと伝えてくれ。それ以上は何も言えない隊長は、自己責任という万国共通の万能語に頼ることにした、これを口にする者は、人としても社会の一員としても、いかに自分が厚顔な偽善者であるかを示している、貧者に施しを請われて否と断った舌の根も乾かぬうちに、あなたも自分の力でがんばりなさいと言うようなものだ。いつ給金がもらえるのかと力仕事の男たちは知りたがっていたのだが、隊長は、それは自分にはわからない、ただ、宮廷に出向いて秘書官、あるいはその代理人に伝言を頼めば、きっと返答があるだろう、と伝えさせた。ただ注意すべきは、と軍曹は、隊長から託された言葉を一言一句もらさず男たちに伝えた、全員で出向かぬように、三十人もの薄汚い男たちが宮廷の前に集まっては、襲撃かと勘違いされかねない、出向くのは親方たちだけ、ほかは行かないようにしたほうがよいと自分は思う、そして出向く者はできるだけ身ぎれいにしていくように。後年、男たちの一人が、隊長とばったり会うことがあった、そして、ちょっと時間をもらえますかと前置きをして、あのときは、バリャドリードまで行けずに実に残念でした、それだけ伝えたかったんです、と言った。隊長はなんと返してよいのかわからず、数秒の間、二人は黙って互いの顔を見つめ合い、それぞれ自分の日常へと戻っていった。

　兵士たちに対しては、隊長は簡潔に現況を伝え、スペイン人が来るまで待機するように、いつになるかはまだわからない、今のところ情報は入っていない、とここまで言ってから、やはり伝書鳩については黙っておこうと最後の瞬間に決めた、彼らに緩みを与えてはいけないと思ったのだ。部下たちの中に鳩の愛好者が二名いることを隊長は知らなかった、伝書鳩の飼育者《コルンボフィロ》という名称はおそらく当時はまだなかっただろう、あるいは初期の愛好者の間では口にされていたかもしれない、いずれにせよ、その名称はまだ世間のとば口に立っていたのだろう、何気ないふりを装って中に入れてくれませんかと頼む、新語に特有のあのやり方で。兵士たちは休めの姿勢で立っていた、つまりアド・リビトゥム、身体調和は気にしなくてよい体勢ということだ。その休めの体勢が、護衛兵として直立不動でいるのと同じくらいの苦痛を伴う時代が後年やってくるだろう、向かいの道路に腹ばいの敵が隠れていると気づいたときに。固い石床に横たわる兵士たちが肩甲骨を痛めないようにと、床にはたっぷりと藁が敷かれていた。銃は並んで壁に立てかけてある。あの銃を使うようなことにはなりませんように、と隊長は神に祈った、万が一、ソロモンの引き渡しが大失敗に終わったらと不安だったのだ、何かが食い違い、宣戦布告のきっかけとなりませんように。ペロ・デ・アルカソヴァ・カルネイロ秘書官の言葉はしっかりと記憶していた、意味することは明確だった、だが、当然ながら、そこに書かれていない行間にこそ、暗黙の了解が横たわっていたのだ、つまり、もしもスペイン人なりオーストリア人なり、もしくは両者揃って、不穏な様子あるいは挑戦的な態度を見せてきたりしたら、それ相応の対応をするようにということだ。隊長には、スペイン人なりオーストリア人なり、あるいは両国の兵士がこちらに対して挑戦的になったり、不穏な態度を見せるだけにしても、どんな背景があるのかわからなかった。騎馬隊の隊長ごときには秘書官のような政治的素養も経験もないのだから、識者の言う通りにするのが得策、それで行動に移すときがくれば動けばいい。隊長がこんなことをぐるぐると考えていると、軍曹のはからいで藁を別に取りおいて、急ごしらえの寝台が作られた隊長の部屋にスブッロが入ってきた。その姿を見たとたん、自分がソロモンの健康状態を気に留めていなかったことに気づいた隊長は決まりが悪くなった、象の様子すら確認していないのだ、あたかもカステロ・ロドリゴに着けばそれで自分の任務は終了したとでもいうように。ソロモンはどうしている、と訊ねると、さっき見に行ったら寝ていまし[redacted]と象遣いは答えた。たいした生きものだな、と言う隊長の口調にはとってつけたような熱がこもって[redacted]た。連れられるがまま歩いているだけです、あの力も強さも生まれつきで、ソロモンならではの長所[redacted]いうわけではありません。哀れなソロモンにずいぶん厳しいんだな。力仕事をしてくれた男の一人[redacted]る話を聞いたばかりだからかもしれません。どんな話だ。牝牛の話です。牝牛に語ることなどあるの[redacted]、と薄く笑いながら隊長は訊いた。この牝牛にはあるのです、十二昼夜、ガリシアの山にいたので[redacted]寒さ、雨、氷、泥、刃のような石に棘だらけの木々、ほとんど休むこともできず、闘いと襲撃の繰[redacted]しで、唸り声とモーモーという鳴き声、これは子牛と一緒に群れからはぐれてしまった牝牛が十二日[redacted]、昼も夜も狼に囲まれていた話です、自分だけでなく子どもも守らなくてはならない、長々と続い[redacted]い、死の淵で生きる苦痛、牙と開いた口に囲まれて、自分とまだいとけない子どものために急襲をか[redacted]し、耳を伏せた狼たちが這いつくばるように近づいてくる中で、その間にも乳首に吸いついてくる子[redacted]乳を与えて。スブッロは深く息を吸ってから続けた、十二日後、牝牛は発見されて救出されました[redacted]牛と一緒に村へと凱旋したわけです、だけど話はここで終わりません、さらに二日続きます、その数日間で野生化してしまった牝牛は、もう自衛の術を覚え、だれの言うことも聞かなくなり、それどころかだれをも近寄らせなくなっていました、それで死んだんです、殺されたんです、十二日の間、狼の群れに負けなかった牝牛は、自分を救出してくれた人間の手で、おそらくは自身の飼い主に殺されました、昔は穏やかだった生きものが闘う術を覚えてしまったあまりに、闘うことを止められなくなってしまったせいだなどと、牝牛は自分でも理解もしていなかったでしょう。

石造りの広い部屋を、しんとした沈黙が覆った。ここにいる兵士たちは戦の経験が乏しい、若い兵士は戦場で火薬の匂いを嗅いだことすらないといえばその度合いがわかるだろう、だからこそ、みんなは牛という理性のない動物が見せた度胸に驚嘆していた、そして、家族愛や自己犠牲、無私の精神という人間らしさを見せたその牛が迎えた最期を考えた。最初に口を開いたのは狼をよく知っている隊長のほうだった、美しい話だ、とスブッロに言った、そしてその牝牛は勲章をもらうに値するとは思うが、だが話にはやや曖昧な、というよりかなり怪しい部分もある。どういうところですか、象遣いは、これは議論になるなと身構えた。たとえば、その話はだれから聞いた。ガリシアの男です。その男はどうやってその話を知ったのだ。だれかから聞いたのでしょう。あるいは読んだのかもしれん。あの男が文字を読めるとは思えません。耳で聞いて、覚えたということか。そうかもしれません、わたしもできるだけ正確にそれを繰り返したつもりです。男が語って聞かせたのは、耳にすることもないガリシア語だったろう、お前は記憶力がよいのだな。ありがとうございます、しかし、どこが曖昧で怪しいのか教えてください。まず、牝牛と狼どもの戦いが十二昼夜続いたと聞こえる、というより、はっきりと言っている点だな、それはつまり狼どもが最初の夜から牝牛を襲い、ある程度の損傷を受けつつ引き下がったのは十二日目の夜ということになる。そこにいたわけではないので、目撃してはいません。ふむ、だが、狼の習性を少しでも知っている人間であれば、狼は群れで暮らしはするが狩りは単独で行なうと知っているはずだ。どういう意味ですか、とスブッロが訊いた。つまり、三、四匹の狼にいっぺんに襲い掛かられたら、牛は、十二日どころか一時間ももつまい、ということだ。では、闘う牝牛の話はぜんぶ嘘だったということですか。いや、嘘というより誇張だろう、言葉の綾、半分の真実が、すべて真実となっていく。では、本当は何があったのだと思いますか。おそらく、牝牛は本当には負けたのだろうと思う、一匹の狼に襲われて、闘って、痛手を負って逃げたのだろう、逃げた先で見つけられるまで草を食み、子牛に乳をやっていたのだろう。そのあと、またほかの狼がきたかもしれませんよ。いや、それでは想像がいきすぎている、それに狼一匹を相手にしたというだけで、充分に勲章ものだ。そこまで聞いて象遣いは拍手した、よく考えると、そのガリシアの牝牛の真実はたしかに勲章に値する、と思ったのである。

　翌朝早く、力仕事の男たちの集会の場がもたれたが、リスボンへは往路よりも楽で危険の少ない道を通ることに反対する者はいなかった、そちらは地面も柔らかくて足にも優しいし、獲物を取り囲んで少しずつその心理をも捕らえる、気味の悪い黄色い目でねめつけてくる狼どもも恐れずにすむからだ。海沿いには狼がいないというわけではない、それどころか、たくさんいて羊たちをしょっちゅう襲うのだが、それでも、見るだけで気持ちがすくむ険しい岩山を行くのと、ひんやりとした砂を踏みながら漁村を歩くのとでは大きな違いがあった、漁村には、船を牽くなどちょっとした仕事を手伝うだけで、駄賃の代わりに五、六匹の鰯をくれる気の良い漁師たちがいる。男たちはすでに糧食も配られて、今はスブッロと象が別れの挨拶をしに来るのを待っているところだ。おそらく象遣い本人からの提案であろうが、なんの記述も残っていないので、どういういきさつがあったのかはわからない。人間が象を抱擁することはあるだろうが、その反対を想像するのは難しい。握手となれば、それはもう不可能だろう、五本の頼りない指が、丸太のごとき太い足をどうつかむのだ。スブッロは男たちを十五人ずつ前後二列に並ばせていた、列の間には一コヴァドほどの間隔があるので、象はおそらく、観兵式のときのように彼らの前を歩くのだろう。すると、スブッロが言った、ソロモンが前に来て立ち止まったら、右手を差し出して手の平を上に向けて別れの挨拶を待ってください。怖がらないで、ソロモンは悲しんでいるのであって怒ってはいません、自分が親しんだみなさんと別れの時が来たと知っているのです、ともつけ加えた。そんなこと、どうやって知ったんだ。そんなことは訊いても無駄です、ソロモンに正面から訊ねたところで答えてはくれません。それは象がわからないからか、それとも知りたくないからなのか。おそらく、ソロモンの頭の中では、知らないことと知りたくないことは混ざり合って、この世界についての一つの大きな問いになっているはずです、そして、人間も象も、みんな同じことを問いかけてみるべきなのかもしれません。言い終わったとたんにスブッロは、これはばかげたことを言ったと思った、陳腐な言葉リストなんてものがあれば、特等に入りそうな一言だ。幸い、だれも意味がわからなかったようだ、と象を連れてその場を離れながらスブッロは呟いた、人間が無知でいる利点とは、まがいものの知識からも身を守れるということだな。男たちはそわそわしていた、早く出発したかったのだ、ドウロ川の左岸沿いを歩けばポルトの町に出る、よそものにも寛大だというポルトには、リスボンで今回の給金の問題の片をつけてから、また戻って腰を落ち着けてもいいかもしれないと考えている者もいた。男たちがそれぞれ自分の考えに耽っていると、四トンの肉と骨、三メートルの高さの肉体をゆさゆさと揺らしてソロモンがやってきた。気弱な者は、この別れの場で何かが起きるかもしれないと想像しただけで、胃の腑がぎゅっと縮まった。先述のとおり、種を異にする生きもの同士の別れの儀式についての文献は存在しない。リスボンを出たときから享受してきた無為の楽しみの日々が終わりに近づいている助手たちを従えたスブッロがソロモンの広い首の上にまたがって現れたのを見て、男たちの不安はいや増した。みんなの頭に同じ一つの問いが浮かんだのだ、あいつめ、あんな高いところにいて、何かあったらどうやって俺たちを助けるんだ、と。強風に煽られたかのように二つの列が揺らいだが、力仕事の男たちは逃げ出さずにとどまった。どのみち、もう象はすぐそこまで来ているので、逃げたところで無駄だろう。スブッロは、前列の一番右にいる男の前で象の足を止めさせ、高らかに言った、手の平を上に、右手を前へ。男は言われた通りのことをした、伸ばされた手は、見たところはしっかりとしていた。すると、象がその開いた手の平に鼻の先を置いたので、男は反射的にそれを人の手のように握り返すと同時に、ふいに喉の奥にこみあげてきたものを慌てて抑え込んだ、そうでもしなければ、わっと泣き出してしまいそうになったのだ。足の先から頭まで震える男を、スブッロは温かいまなざしで見つめていた。並んでいる男たちには順繰りに同じ行為が繰り返されたのに、一度だけ、両者が反発しあったことがあった、その男は手を出すのを拒み、象も鼻を伸ばさなかった、そこで反射的に散った火花の原因の説明はつかなかった、旅の道中で互いに悪意が生まれるような出来事など、一度たりともなかったのである。その埋め合わせのように、心揺さぶる瞬間も幾度かあった、たとえば、一人の男などは、長年消息の知れなかった大事な友にようやく再会したかのようにおいおいと泣いた。この男のことを、象は、特に情をこめて扱った。その肩や頭を鼻で撫でる様子には人間味があり、情愛が溢れ出ていた。人類史上初めて、動物が本当の意味で人に別れを告げたのだ、尊敬を抱き合う友人同士であるかのように。われわれ人間の行動規範にはそんな別れの作法についての記載はないが、象たちの憲法には金文字でちゃんと書いてあるのに違いない。もし、象の文献をわれわれのそれと比べることができたなら、人間は多くを学ぶことだろう。真実を尊重して記さざるをえない先の遺憾な一件のように、相互で反発しあう理由も、その文献を読めばきっと解明できるのだろう。だが、実のところは、人間と象が理解し合うことなどないのかもしれない。ソロモンはカステロ・ロドリゴから一レグア圏内に響き渡らんばかりの大きな声で吼えた、とはいえ当時のレグアは今知られているよりさらに古い時代の、さらに短い距離を指す。耳をつんざくほどの咆哮を象が肺の奥から吐き出した理由も意図も、象についての知識がほとんど皆無のわれわれには理解が及ばない。そして、われわれよりもずっと象について詳しいスブッロに訊ねたところで、曖昧にはぐらかし、明確に答えることなく、目の前でドアを閉めるように話を打ち切るだろう。象の言語には通じていないので私に断言はできないが、ソロモンはこの別れの儀式を気に入ったようだった。力仕事の男たちはすでに旅立った。軍人たちと寝起きを共にしたせいで、いつの間にか秩序立てて行動することの善を学んだようだ。その一例が、隊を二列で組むか三列で組むかということだ、三十人もいればその差は明らかで、二列にすれば行列はやたらと長くなり、ささいなことでいがみ合い、列も崩れがちになるが、三列にすれば縦に十人という堅固な塊になり、盾さえあればテストゥド［ローマ軍の歩兵戦術。歩兵集団が密集した隊列で盾を前方、上方に掲げて移動する戦術］のごとしとなるだろう。何よりもまず、心理面が大いに変わる。男たちの前には果てしなく長い旅路が続いているのだ、その長い時間、互いに言葉を交わすのが自然であろう。二人の男が二、三時間も並んで歩いていれば、いくら社交的にしようとしても、そのうち気まずい沈黙が訪れるはずだし、いつか憎みあうようになっても不思議はない。そのうち、片方がもう一方を川に突き落としてやりたいという衝動に打ち勝てなくなるかもしれない。神が三数的であるのはもっともで、三というのは和をもたらす数なのである。三人いれば、少なくとも、一人がしばらく黙っていてもあまり目立たない。もしかしたら、極悪人が糧食を狙って一人を殺してやろうと、もう片方にもちかけたときに、申し訳なさそうに相手にこう断られるかもしれない、それはできない相談だ、あいつとは一緒にお前を殺す約束をもうしちまったんだよ。

　背後から駆けてくる馬の足音が聞こえてきた。隊長だった、男たちに別れの挨拶をし、旅の無事を祈るために来たのだった、軍隊の隊長ともあろう人からそんなはからいがあるとはだれも思ってもみなかった、道義的には正しいかもしれないが、彼の上官は良い目で見ないはずだ、何しろ、軍の規律のやかましさときたら、あらゆる物はあるべき場所に置き、そこから出すことはまかりならぬというブラガ大聖堂［ポルトガルのブラガにある国内で最も重要な大聖堂のひとつ］の規律にもひけをとらないのだ。この原則は、家の整理整頓としては申し分ないのだが、人間はそんなふうに引き出しの中にきちんと収まるものではない。とにかく、今後、あの男たちのだれかの頭に浮かんだ殺人計画が実行に移されたりしたら、その時にはきれいごとは言っていられない、それは確かだ。ということで、この男たちの行く末は彼ら自身に任せておくことにして、急いでこちらに来ようとしてはいるものの、老いた両脚がなかなか言うことを聞かない男のほうに注意を向けることにしよう。ようやく声が届く距離まで来ると、その男は息を切らせてこう告げた、司令官から隊長殿へのご伝言です、鳩が着きました。やはり本当だったのだ、伝書鳩は家に戻ってくるのだ。そこから司令官の屋敷まで遠くはなかったが、隊長は馬に飛び乗り、このまま昼食前にはバリャドリードに着くつもりなのかというほどのスピードで走らせた。五分もしないうちに屋敷の前に着いて馬を止め、階段を駆け上がり、初めに現れた執事に司令官への謁見を頼んだ。だが、その時にはすでに司令官本人がこちらに来ており、その満面の笑みから自慢の鳩の快挙への誇らしさがこぼれ落ちていた。着きました、着きましたよ、どうぞこちらへ、と司令官は悦に入って言った。二人が向かった屋根つきのバルコニーは、壁の大部分に寄せて造った大きな鳩舎で占められていた。我らが英雄はあそこです、と司令官が言った。鳩はまだ片脚に伝書をくくりつけたままだったが、その理由を司令官はこう説明した、普通ですと、鳩が到着してすぐに伝書は外すのです、無駄な時間を過ごしていると鳩が感じてはいけませんので、ですが、今日はご自身の目で確かめる喜びを味わっていただこうと、そのままにしてあります。感謝の言葉もありません、司令官殿、今日はほんとうにすばらしい日だ。そうでしょう、人生は鉾槍や銃ばかりではありません。司令官は鳩舎の扉の一つを開けると腕を差し入れて鳩をつかんだが、鳩は嫌がりもせず、逃げ出そうとするそぶりも見せず、これまでなぜ自分は放っておかれたのかと、いぶかしんでいるようですらあった。素早く、だが慎重に、司令官が結び目をほどいて丸めてあった伝書を開くと、それは鳩の動きを邪魔しないように切られたとみえる細長い紙片になっていた。相手は胸甲騎兵であること、その数は四十ばかり、全員オーストリア人、隊を率いるのもオーストリア人で文民はいない、あるいはいないように見えるということが、短くしたためてあった。装備は軽いようだ、と隊長が言うと、そのようですな、と司令官も応じた。で、武器は。武器については書いてありません、その種の情報を伝書に書き入れるのは軽率と思ったのでしょう、その代わりに、あの歩調であれば明日には国境に到着すると書いてあります。早いな。彼らを昼食に招待せねばならないでしょうな。オーストリア人が四十人ですぞ、司令官殿、とんでもない、どれだけ軽装備に見えても、自分らの食料や食べものを買う金くらいは持ってきているでしょう、それに、こちらの食べものは口に合わないにちがいありません、だいたい報せを受けてすぐさま四十もの口に与える食事を用意できるものですか、そもそもの食料の蓄えも心許なくなってきているのでしょう、司令官殿、それぞれ自分の面倒は自分で見るべきだとわたしは思います、万人に心を配るのは神の仕事です。いずれにせよ、隊長殿、明日の晩餐にはお越し願いますよ。わたしはぜひ伺いますが、もしや、オーストリア側の隊長も招くおつもりか。まさにご明察。なぜです、失礼を承知で、理由をお聞かせ願いたい。政治的社交術ですよ。そんな術が必要になるとお思いですか。二つの軍の分遣隊が国境で対面するのです、何があってもおかしくないと、わたしの経験から申しておきましょう。わたしにできることがあればなんでもします、自分の部下を一人たりとも失うわけにはいきません、だが、武力に頼らざるを得ないとなれば、一秒の迷いもありません、それでは、司令官殿、そろそろわたしは失礼いたします、我らにも準備が山とありますので、まずは制服をできる限り清潔にしませんと、雨の日も晴れの日も、二週間、寝ても覚めても同じ服を着たきりでしたから、もはや軍隊というよりも物乞いの一群に見えましょう。承知しました、隊長殿、明日、オーストリア隊が到着したらわたしも一緒に出迎えましょう、それが務めですからな。わかりました、司令官殿、その前に何かご用がありましたら、わたしの居場所はご存じですね。

城に戻ると、隊長は一同に集合をかけた。話は手短ではあったが、その内容はここに記しておくべきだろう。まず、理由がどうあれ、オーストリア人の入城は許されない、いざとなれば武器の使用もやむを得ない。つまりは戦だ。だが、そこまで究極な事態に行きつかないことを願う、だが、こちらの真意をオーストリア隊に速やかに汲んでもらえれば、目的の達成も早いだろう。われわれは城壁の外で彼らの到着を待つ、彼らが城内に入りたいと言ってきても、一歩も譲ってはならぬ。隊長の責務として、まずは自分が話をしよう、そのとき、全員、同じ本のページを開いたような表情で通してほしい、そこに書いてあるのはただ一言、ここから先は通さない、だ。どういう苦難があろうと、われわれは成し遂げなければならない、オーストリア隊には城壁の外で野営してもらう、そうすれば、彼らはとっかかりから劣勢の立場に置かれることになる。この言葉通り、そう簡単にことは運ばないかもしれないが、我らが命を預けるこの武器に恥じぬよう、オーストリア隊がこちらの言葉に耳を傾けてくれるよう、できる限りのことをする。争いもなく、発砲もなければ、勝利はわれわれのものだ、だが、武器に頼るほかない場合、その時も勝利はわれわれのものとなるはずだ。本来、オーストリア隊がこのカステロ・ロドリゴまでやってくるのは、ただわれわれを出迎えてバリャドリードまで同行するためのはずである、だが、腹の内では、自分たちだけでソロモンを連れて行き、こっちの顔に泥を塗るつもりかもしれん。そうそう簡単にことを運ばせてなるものか。明日の午前十時前には、城の一番高い塔に二名が見張りにつけ、でないと、あっちが正午にここに着いたとき、われわれはまだ馬に水を飲ませているところだった、なんてことにもなりかねん。オーストリア人は何をするかわからんからな、と隊長はつけ加えたが、彼が出会うオーストリア人はこれが初めてで、おそらく最後になるということには、本人も気づいてはいなかった。

隊長の懸念は当たった、十時を少し回ったころ、塔のてっぺんにいた見張りが大声で警告したのだ、敵が見える、敵が見えるぞ。もしかすると、オーストリア人は、軍隊としては、ここにいるポルトガル軍の優秀さには及ばないのかもしれない、とはいえ、相手をいきなり敵呼ばわりするとは厳しく咎められて然るべき、粗忽者がこれを聞いたら早とちりし、故なく相手を敵視するだろう。とはいえ、これには理由があった。見張りは警告をしろと命じられてはいたものの、だれからも、普段は慎重な隊長からさえも、どう言えとは聞かされていなかったのである。敵が見えるぞ、など文民も理解してしまう文言をとるか、客人のご到着、と軍隊色を薄めるか、二つに一つのジレンマを前に、相手の甲冑が目に入ったところで心が決まって、これぞと思う言葉と声音を使ったのだ。その掛け声のこだまも消えぬ間に、兵士たちは銃眼に駆け寄って敵を覗き見た、すると、まだここから四、五キロほども遠方にいるせいで、その姿は動いているとも見えず、黒っぽい染みのようで、期待していた輝く甲冑も見えなかった。兵士の一人がその理由を説明した、そりゃあそうだ、太陽を背負っているんだから。逆光だから、と言うよりもよほど美しく文学的である。馬はどれも鹿毛、栗毛、濃淡さまざまの茶色い毛並みで、黒っぽく見えたのはそのせいだった。馬は速足ながらその速度は並足と変わらないようだったが、そこにはきちんと狙いがあり、自分たちを止めるものは何もないというアピールであると同時に、いかに隊の統率が取れているか印象づけるためでもあった。当然、軽騎兵団の突撃［クリミア戦争中の戦いの一つ、バラクラヴァの戦いで英国の軽騎兵隊がロシア軍の陣地に突撃し大損害を被ったことから、無謀ではあるが勇敢と評価を受け、様々な芸術作品の主題となった］風に、高らかに剣を突き上げて馬を駆けてくれば、これは見ものと観衆は大いに沸いただろうが、勝利は確実のこんなちっぽけな戦いに馬を疲れさせるのは愚の骨頂、中欧での戦の経験が豊富なオーストリア軍の隊長はそう考えて、部下にもそう告げてあった。その間にも、ロドリゴ城では戦闘の準備が着々と進んでいた。馬は鞍をつけられ徒歩で外に出された。馬の見張りには数名がついた、門の外に食む草でもあれば単なる羊飼いのような仕事だが、それにうってつけの兵士たちが選ばれた。軍曹はオーストリア隊が来たと司令官に報せに行った。まだ到着まではしばらくかかるでしょうが、準備は済ませておきましょう、そう言うと、承知しました、参りましょう、と司令官も答えた。二人が城に着くと、一人たりとも通さぬよう隊員が入り口の前を固めており、隊長が最後の訓告を述べるところだった。居並ぶ馬も無料で見物できるし、ひょっとしたら象も見られるかと、カステロ・ロドリゴの住民のほとんどが、男も、女も、子どもも、年寄りも、総出で練兵場に集まってきたのを見た隊長は低い声で司令官に言った、この衆目の中では向こうも悪事はできないでしょう。ええ、わたしもそう思っていたところです、だが相手はオーストリア人、油断はなりませんぞ。何か悪い目にあわれましたか、司令官殿。良いも悪いも、何もありません、だがオーストリア人はいつも存在していたと、わたしに言わせれば、つまりそういうことです。いかにも、ともったいぶって頷きはしたものの、隊長はその意味するところを測りかね、つまりオーストリア人は同志ではない、敵と同類ということかと頭をひねらせた。そこで、弱気に陥りそうな者もいるので、みんなを奮い立たせるために活を入れにいくことにした。兵士諸君、オーストリアの分遣隊は近くまで来ておる、相手は、象を要求しバリャドリードまで連れて行こうとするだろうが、われわれがそうはさせぬ、たとえ相手が力に訴えようとしてもだ。ポルトガル兵が粛々と従うべきはその国王の命、あるいは国王の軍と民を統べる政府の命のみ、ほかのいかなる命令も聞かぬ。国王のお約束、象のソロモンをオーストリア大公にお渡しするというそれは、間違いなく果たされねばならぬ、だが、それにはオーストリア側も礼をもってこちらに尽くすべき。我らが頭を高く故郷に帰れば、今日という日は、永遠に民の記憶に留まり、ポルトガルがあるかぎり、われわれの一人一人がのちにこう称されるであろう、あれはカステロ・ロドリゴにいた男だ、と。この長広舌がいよいよ凡庸なクライマックスを迎えるというとき、隊長を先頭にオーストリアの一隊が練兵場に到着した。住民からは迷いの色が見える拍手がぱらぱらと起きた。司令官を隣に従えたルジタニア［ポルトガルの古称］軍の隊長は馬を数メートルばかり前進させ、礼儀正しく客人を迎える教養の高さを態度で示した。だが、そのときのことだ、オーストリア兵の奇術だろうか、磨きこまれた鋼の甲冑が日光を受けて輝きを放ちはじめた。野次馬への効果はてきめんだった。四方から沸きあがる拍手と感嘆の声に包まれたオーストリアに、まずは軍配が上がった。即座に応戦せねばと焦りつつ、手をこまぬいているポルトガル隊長の窮状を救ったのは司令官だった、落ち着いてください、わたしが初めに話しましょう。そこで隊長は数歩馬を下がらせながら、オーストリアの鹿毛の牝馬と比較して、自分の馬のほうが数段たくましく美しいことを意識した。司令官は早速口を開いた、カステロ・ロドリゴ住民と、城の代表として光栄にもオーストリア軍勇士のみなさまを歓迎し、任務のつつがない遂行、またそれによる両国の親愛の絆がいっそう深まりますよう、ご祈念申し上げます。みなさま、このカステロ・ロドリゴにようこそおいでくださいました。ラバにまたがった男が前に進み出てオーストリア隊長の耳元に何ごとかを囁き、隊長は苛立たしげに顔を傾けた。男は通訳だった。通訳の言葉を聞き終わると、オーストリア隊長は野太い声を挙げた、常に耳を傾けられ、服従されることに慣れた声だった。われわれがここに参上した理由はご承知のとおり、象をバリャドリードまで連れて行くためである、無駄に過ごす時間はござらん、大公殿下より仰せつかったこの任務を果たすため、明日早朝には出立する所存であるゆえ、迅速に用意を整えられよ。ワルツの誘いでないのは明らかだった。晩餐の出番はありませんな、と司令官は小さく呟いた。そのようですな、隊長は答えると、次は自分の番だとばかりに声を張り上げた。それは我らが国王陛下の命とは相違ある、われわれはバリャドリードに象を連れて参り、何人《なんぴと》も介さず、大公殿下に直接にお渡しすることと命じられておる。一触即発、明らかに挑発的なこの挨拶以降、通訳の存在は本文中では省略させてもらう、そのほうが言葉による一騎討ちも速やかに進むし、だいたい、現場でも、この緊迫感は双方ともに空気だけで伝わっていたのである。次はオーストリアの番だ。

少々狭量なそちらのその態度がこの議論の平和な決着を妨げておるのではないか、当然、何より肝要なのは象である、だれが連れていくのであろうと、象はバリャドリードまで行かねばならぬ、しかし、ここに優先して考慮すべき点がいくつかあるようだ、まず最初は、贈物の受領を宣言された時点で、象の帰属はマクシミリアン大公殿下と相成ったという事実である、つまりは、我が大公殿下のご意向が、いかに敬うに値するお方であろうとも、ほかのどなたの意向より重いということであり、ゆえに、即刻、象はお引渡し願おう、これ以上の猶予は認めん、たとえ我が兵が力によって城内に入り象を引き取るほか道はなかろうと、躊躇はせぬ。お手並み拝見といきたいところだが、城門は三十名の我が兵が護っておる、そこを退いてそちらの四十名を通せと命ずるつもりは毛頭ござらん。この時点で、練兵場から住民はとっとと消えていなくなっていた、何やらきな臭くなってきた、こうなると流れ弾が飛んで来たり、やみくもに振り回された一太刀を背中に受けたりする危険もある、戦争が見世物である間はそれでいいが、装備も経験もない自分たちまでコマの一つにされるのはごめんだ、ということだ。ということで、ポルトガルの無礼な物言いに対するオーストリアの反論を耳にした住民はわずかだった。わたしが一声かければ、一瞬の時もおかず、我が胸甲騎兵たちは、見掛け倒しの軟弱な軍勢などあっという間に片づけよう、そちらの道理に外れた頑迷な主張を即座に収めないのであれば、我らの腕をご披露いたす、だが、その場合は人的被害は避けられぬ、もちろんそちらのポルトガル側にだ、そちらの力量によっては全員ともなりかねない、貴殿の心一つで決まるのですぞ、後からの泣き言はご免こうむる。今のお言葉、われわれを全員殺戮することも辞さぬというわけですな、その場合は、だれがどう泣き言を言うことになるのか、とんと想像がつかないが、その頭を使われよ、国王に命じられて城を護ったにすぎぬ兵士を殺戮し、貴殿はどう言い訳をなさるのか、それも贈答品である象をマクシミリアン大公殿下に渡すよう申し付かった者たちである、そうとなれば、マクシミリアン大公殿下は政治的にも軍事的にも誤った忠告を受けたとしか見えぬであろう。オーストリアの隊長は、はたと口をつぐんだ、究極の手段を講じるに至った経緯についてウィーンとリスボンで申し開きする自分の姿が頭をよぎり、考えれば考えるほど、事の複雑さが見えてきたのである。そこで、互いの譲歩の道として、自分と数人の部下が城内に入り、象の健康状態を確認するという案を申し出ることにした。貴殿の部下は獣医ではあるまい、とポルトガルの隊長は返した、貴殿にしても、獣の治療にあたれる技をお持ちとは見受けられぬ、それでは城内に入る相応の理由が見当たらない、まずはわたしがバリャドリードまで赴き、手ずからオーストリア大公殿下に象をお渡しする権利を認めてもらおう。オーストリア隊長はふたたび沈黙した。相手が言葉に詰まったところを見て、司令官が申し出た、わたしが話に参りましょう。数分後、喜色満面でこちらに戻ってきた司令官が告げた、同意をいただきました。それではあちらに伝えてください、と隊長は頼んだ、城内へと喜んでご同伴する、と。司令官があっちとこっちを往来する間に、隊長は城門前の兵を二列に並ばせて間に通り道をつくるよう軍曹に命じた。準備が整うと、隊長は馬を進ませてオーストリア隊長の牝馬の隣に並び、通訳に頼んで伝えてもらった。今一度、ようこそカステロ・ロドリゴへ。さあ、象を見に参りましょう。

どちらの側も三人ずつの兵士たち同士で些細な小突き合いがあるにはあったが、バリャドリードへの旅はつつがなく進んだ。和解のしるしにポルトガルの隊長が一隊の指揮を相手の手に委ねたのは特筆すべきである、つまりどちらが先頭を行き、どちらが後に続くかということだが、これについてはオーストリア隊長はきっぱりと言った、われわれが先頭を行く、そのほかに関しては好きなようにしてくれたまえ、なにしろ、リスボンからここまで隊を組んで来たわけだから、そちらには経験もあろう、と。彼が先頭を行くのには、明白かつ完ぺきな理由が二つある、まず、彼らは事実上自分たちの領内にいる、二番目は、今のように晴れた空のもとでは、太陽が頂点に到着するまで、ようするに午前中だが、その間、彼らは太陽へと向かって歩くことになり、陽光を受けて甲冑が輝くという利点があると内心で考えていたのである。隊列をこれまでどおりに組むのはできない相談だとは、われわれにもよくわかる、力仕事の男たちはすでにリスボンへの途上におり、これよりだいぶ後年、難攻不落かつ忠誠の町〔十九世紀に自由主義者と絶対王政主義者の間で勃発した内戦時に、自由主義者が拠点としたポルト市が不落であったことからついた呼称〕と呼ばれるようになるポルトまであと少しのところにいるのだから。いずれにせよ、その点についてはくどくど考えるまでもない。足が遅い者が速度と進度を決めるのだから、胸甲冑隊の後に続くのは当然ながら牛となる、そうすればオーストリア隊は好きなだけ馬を駆ることができるし、通り過ぎる行列を見物する野次馬たちもチューラとメリノを間違えずにすむというわけだ。これは、カスティリャの諺なのだが、ちょうどかの地を通っているので地方色を出すのもよいだろうと、引き合いに出すことにした。ご存知ない方に説明すれば、チューラもメリノも羊の種で、チューラは汚れた毛、メリノはきれいな毛をそれぞれ表している。言い換えればこういうことだ、一方は馬、それも輝く甲冑姿の騎士を乗せている、対してもう一方は二対の痩せた牛、しかも、水樽と、肩の上に貧相な男を乗せてすぐ後を歩く象が食べる飼葉の山を積んだ荷車を牽いている、と。象の後ろを歩くのは、この前日に勇壮にも身を挺して城門を守ったのだと鼻高々のポルトガル軍の分遣隊である。彼らのうち、象を見てきたオーストリア隊長が戻ってきて、野営の支度をせよと部下に伝えた瞬間のことを、この先どれだけ長生きしても忘れる者は一人としていないだろう。たった一晩のことだ、とオーストリア隊長は弁解するように言い、そこに数本生えている樫の木の陰を野営所と決めた。これらの樫の木も長年そこに根を張り、いろいろなことを目にしてきただろうが、歩兵隊が三隊と、ついでになんなら音楽隊も一緒にゆったりと身体を休められる城がすぐ隣にあるというのに、自ら進んで夜露を枕に眠りにつく兵士たちの姿を見たことはないはずだ。傲慢で気取り屋のオーストリア人の鼻を明かしてやったわけであるが、これは常識の勝利とも言えた、というのも、どれだけの血がこのカステロ・ロドリゴで流れたとしても、ポルトガルとオーストリア間の戦争など馬鹿げているうえに実現不可能、どうしてもというのなら、両国の中間点あたりにある土地をフランスに貸してもらって、そこで両軍相まみえて戦わざるをえない。とにかく、終わりよければすべてよし、なのである。

　とはいえ、この金言がスブッロの慰めになるかといえば、そうでもないようだった。三メートルもの高みに座り、彼にも代母がいるとすれば今から訪ねるところだろうかというような新品の色鮮やかな衣装に身を包んだスブッロが通るのを、野次馬はぽかんと見とれていた。当人の虚栄心から着ているのではない、彼を派遣した国が体面を保つためのお仕着せなのに、みんな、特権階級の人物であるかのようにスブッロを見上げている、本当の彼は今後を憂いて震えている貧しいインド人でしかないというのに。バリャドリードまでは自分の仕事が保証されていることは、スブッロにも確信があった、そこでこれまでの時間と仕事に対する報酬をだれかからもらえるはずだ、象にまたがって旅をするくらい、たいしたことはなかろうと思われがちだが、そう思う者は、象が左に行きたがっているのを右に行かせなければならないという経験をしたことがないだろう。だが、バリャドリードより先の雲行きは不透明なのだ。自分の任務はソロモンに伴ってウィーンまで行くことだと端《はな》から考えていた、そう考える理由もあると思っていたのだが、それは、象には専属の象遣いがいるのだから、その象が行くところにはその象遣いも行くのが当たり前だと思い込んでいただけである。ただ、彼の目を見てそう言ってくれた人がいたかというと、それはない。バリャドリードまでは行く、だが、そこまでか

ていることが本当になったとしても、そのときは自分でなんとかせねばならない、一緒にいさせてくれと大公に頼むよ、だから聞いてくれ、何が起ころうとも、お前は何もしちゃいけない、いいか、なんにもするんじゃないぞ。さっきの皮肉屋も、さすがにこれを見れば、しばし得意の皮肉を忘れてこう言わずにはおれないだろう、なんと美しい、この象遣いこそ真の善人、純朴な人間にこそ学ぶべきものがあるというのは真実だな、と。心穏やかにスブッロは自分の藁布団に戻ると、瞬く間に眠りに落ちた。翌朝目が覚めると、昨夜の自分の決意が頭に浮かび、思わず独りごちた、象遣いをもう一人、大公がほしがるはずがないじゃないか、すでに手元に一人いるんだから。そしてそのまま自分に理があるはずの理由を並べていった、胸甲騎兵隊の隊長が証人だ、ぼくと象が城にいるところを見ていれば、これほど完ぺきな人と動物の一対はなかなかいないと思ったはずだ、そりゃあ隊長は象のことはあまり知らないだろうが、馬の知識はたんとある、そういう人には通じるもんだ。ソロモンの性格が善いというのは誰もが認めるところだけれど、でも、もし象遣いがほかの人間だったら、男たちと別れるときにあそこまでのことをしただろうか。ここではっきりしておくべきなのは、あれを教えたのはぼくではない、ソロモンがその場で思いついてやったことだ、ぼく自身は、ソロモンはきっとみんなのところまで行って、せいぜい、鼻で合図をして、一声吼え、足踏みを二回して踊り、さよなら、またね、くらいしかやらないだろうと思っていた、だが、今のぼくはソロモンのことをもっと理解できる、あの大きな頭で、彼はいろいろと、ぼくらがびっくり仰天するようなことを考えているんだ。これまで、動物としての象についてはいろいろなことが書かれてきたのだろうし、これからも書かれるのだろう、だが、それを書いた人のうちで、カステロ・ロドリゴでぼくが見たこと、自分でも自分の目が信じ難かったあの象の奇跡ぐらいすごいことを目にしたり、耳にしたりした人があるだろうか。

オーストリアの胸甲騎兵たちの意見はさまざまだった。たとえば、まだ若く血気盛んな者は、隊長は、どんな代償を払うことになったにせよ、カステロ・ロドリゴに着いたときの戦略を最後まで貫き通すべきだったと言った、つまり、力ずくででも無条件で即座に象を引き渡させるべきだった、と。ポルトガル隊長のほうは、闘えば負けると思っていただろうに、やるならやってみろと言わんばかりに執拗につっかかってきた、それにうちの隊長は急に降参しちまったんだからなあ。彼らの頭の中では、ちょっとした脅しをかければ、たとえば、四十人の兵士が一斉に剣を抜いてみせたりでもすれば、青白い顔をしたポルトガル人たちは、それまでの強気はどこへやら、勇壮なオーストリア軍にへなへなとなって城門を開いたはずだという図が見えていた。一方で、同じく隊長があっさりと態度を翻したことは不可解だと思っており、最初の間違いは、カステロ・ロドリゴに着いたときの態度だったと考える兵もいた、もっと厳めしく、さっさと象を引き渡せ、こっちには時間がないんだと言ってやるべきだったのだ、と。あるいはこう言う兵もいた。オーストリア人たるもの、中欧に生まれ育ったからには、こういう場合こそ対話だと骨身に沁みているはずだ、親し気に、家族の健康はどうだとか、ポルトガル軍の馬は見事だとかなんとかおべんちゃらを並べて、うん、それから、ああそういえば、というふうに言えばいいんだ、ああ、それで、象は、と。それから、人生の厳しい現実を見てきた兵士はこう言った、もしお前たちが望んだ通りのやり口でことが運んでいれば、今ごろ俺たちは食べさせてやる餌もないまま象と歩くはめになっていたよ、ポルトガル人が家に帰るまで何日間カステロ・ロドリゴで待機するのか知らないが、飼葉の山や水樽、荷車や牛を、おめおめとこっちに渡すはずがないだろう。答えは一つしかないさ、と、どこか理知的な風情の兵士が締めくくった、うちの隊長は、実際には、大公からもだれからも象をさっさと引き渡してもらってこいなんて命令は受けちゃいないのさ、それが、旅の途中か、あるいはカステロ・ロドリゴに着いたときにでもひらめいたんだ、もしポルトガル人を置き去りにできたら、手柄は自分と自分の部下たちだけのものとなるぞ、ってな。部下たちに見せる親愛の情すら、実は独占欲の塊をごまかすためなのさ、子どもでも見ぬける策を弄するような、誠実さの欠片もない人物が、よくもオーストリア胸甲騎兵隊の隊長にまで昇りつめたものだ。情けない。人は、その長所ではなく、短所によってできているというが、まさに彼がよい例だ。

長いこと待たれた厚皮動物を迎えるのに、バリャドリードの町は重要な隊列を迎えるがごとく賑やかに飾り立てられることとなり、そろそろ秋を感じさせるそよ風が吹くたびに揺れる飾り布や色が褪せかけた旗布が、窓辺という窓辺から垂れさがっていた。衛生面に気を遣うことがなかなか難しかった当時にしてはできるだけ身ぎれいにした家族が、こちらはだいぶ不衛生なままの道にあちこちから集まってきていたが、とにかくみんなの頭は、象はどこかということと、象が来て、その後はどうなるのかという二つのことでいっぱいだった。どこにでも場を白けさせる輩はいるもので、象なんてただの噂だ、いつかやってくるかもしれないが、そんなのはいつになるかわからない、などとうそぶく者もいた。一方では、あの哀れな動物はくたびれ切って、昨日到着して休んでいるのだと言い張る者もいた、バリャドリードにたどり着くまではそりゃあ長くてきつい道だったろう、なんせまずはリスボンからカステロ・ロドリゴまで旅をして、それからそのポルトガルの国境から、マクシミリアン大公が皇帝カルロス五世の姫君である奥方のマリアさまと、スペイン総督として二年前から逗留するこの町までやってきたのだから。ここで、こんなことを細かに語ってもらっているのは、つまり、ここの登場人物たちがいかに歴史的に重要であったかを示しておくためである、みんな由緒ある王家の出身で、ソロモンがいた時代を生き、何らかの手段でソロモンの存在を知っていただけでなく、この象が、大立ち回りはせずとも大偉業を成したことまでも知っていたのだ。今まさに、大公と大公妃は、宮廷の貴族や聖職者、さらにはこの動物の顔と堂々たる体躯を、紙、板、あるいは麻布に永久に留めるために呼ばれた数人の絵描きと一緒に、ソロモンが洗われている様子に心奪われ見入っているところだ。象の分身ともいうべきスブッロがこの作業を取り仕切っており、膨大な量の水と、例の長い柄のモップを使って象を洗っていた。スブッロは幸せだった、というのも到着して二十四時間以上経つが、代わりの象遣いの存在をうかがわせるものはなかったからだ、それどころか、大公の執事から、今後ソロモンはスレイマンと呼ぶことにすると正式な通達があったくらいだ。象の名前を変えられたのは非常に不愉快ではあったが、指輪は失くせど指は残る、という諺もある、スレイマン、あきらめよう、こう呼ぶほかないのだ、スレイマンの外見は、洗われてだいぶましになった、というよりすっかり見違え、まぶしいほど壮麗になった。その背中には大勢の召使が苦労しいしい広げた巨大な鞍覆いがあった、それは二十人以上の職人が数週間休まず刺繍を施した、世界に二つとない逸品で、全部が本物の宝石とはいわないがそれらしく輝く石がふんだんに縫いこまれ、さらには金糸と贅沢なビロードも使われているという立派な品である。無駄もよいところだ、と大公のすぐそばに座る大司教は、心の内でふんと鼻を鳴らした、あんな獣に金を使うくらいなら、刺繍入りの立派な祭服を作ってくれてもよいものを、おかげでわしらは、バリャドリードどころか、その辺の村の神父みたいななりでいつも出かけているんだ。そのとき、大公が合図をよこしてきたので大司教は我に返った。言葉は必要なかった、高貴な手の指が下をさして上をさしている、つまり大公は象遣いと話がしたいのだ。宮廷の下級貴族に伴われてやってきたスブッロは、一度見た夢をまた見ているような心持だった、一度目はベレンの汚らしい囲いにいたときのことだった、長い鬚の男に呼ばれたと思ったら、それはポルトガル国王のジョアン三世だと言われた。今、自分を呼んだ紳士には鬚がない、つるりとした顔の大公は、お世辞抜きに美丈夫であった。その隣に座る愛らしい大公妃マリアは、その美しい顔も体形も、今後長くはもたない運命にある、というのも、彼女は男児十人、女児六人、計十六回もの出産を繰り返すのだ。野蛮としか言いようがない。スブッロは大公の前で、質問されるのを待っている。名をなんという、予想通り、最初の質問はこれだった。スブッロと申します、大公殿下。スブ、なんと。スブッロです、殿下、それが名前でございます。で、その名前に意味はあるのか。白という意味です、殿下。何語だ。ベンガル語でございます、インドの言葉の一つです。大公は、数秒押し黙ってから訊ねた、そのほう、生まれはインドか。はい、殿下、象と一緒にポルトガルに来ました、二年前のことです。その名は好きか。自分で選んだ名ではありません、与えられた名前です。可能ならばほかの名を選ぶということか。存じません、それは考えたことがありません。余がお前の名を変えたらどう思う。殿下にはお考えがあってのことと思います。いかにも、ある。スブッロはそれには返事をしなかった、国王にものを訊ねるなどもってのほかと承知していたし、おそらくそのせいだろうが、こちらの疑問にも、家来が抱く当惑にも、国王から確たる答えを引き出すのは困難で、場合によっては全く不可能な所業だった。すると、マクシミリアン大公は言った、お前の名は発音がややこしい。よく言われます、殿下。ウィーンでその名を理解する者はおらぬだろう。悪いのはわたくしです、殿下。だが、よい方法がある、お前の名はこれからフリッツだ。フリッツですか、痛々しい声でスブッロは繰り返した。そうだ、覚えるのもたやすいし、オーストリアには山のごとき数のフリッツがいる、お前はその一人となるのだ、だが象のいるフリッツはただ一人だな。殿下にお許しをいただけましたら、わたくしはこれまでどおりの名前を使わせていただきたく思います。もう決めたのだ、そして、よいか、今度同じ願いをまた口にしたら、ただではおかぬぞ、お前の名はフリッツ、それ以外はない、その頭によく叩きこんでおけ。はい、殿下。それから大公は、豪奢な腰掛けから立ち上がると、よく響く大きな声で告げた、みなの者、この者は余が与えたフリッツという名を受け入れたところである、併せてこの者が象のスレイマンの世話係であること、この二点を鑑みて、この者には敬意と配慮を払うよう命ずる、反する者は、余の意に背いたとして相応の戒めを受けると心しておけ。この命を喜んで受け取った者はいなかった、すぐさま方々からぶつぶつ聞こえてきた、日ごろの習いで、お言葉通りに、と即座に口にする者、鷹揚な態度を見せて皮肉を言う者、むっと腹を立てる者、それぞれではあったが、それもわかる、象遣いだ、動物の飼育係、野生の動物に餌を与える仕事をする男を、あたかも高位につく人物のように扱えということか、まあ、だが、これも大公の一時の気まぐれなのだろうとみんな承知していた。だが、それから時を置かずにどよめきが上がったということを、事実を尊ぶと自称する者としては記しておかねばならない、悪意も反感もない純粋な驚嘆のどよめきだった、象が鼻と片方の牙を使って象遣いを持ち上げ、脱穀場のように広々とした自分の肩に乗せたのである。それから象遣いは言った、ぼくたちはスブッロとソロモンだったけど、これからはフリッツとスレイマンだよ。だれかに向けて言ったわけではない、自分自身に言ったのだ、名前なんてたいしたことはない、前の名前の代わりに新しい名前になったって、いや、たいしたことはある。ぼくはスブッロになるために生まれたのであって、フリッツなんかじゃない、と考えた。あてがわれた境内にソロモンを連れていった。それは宮殿の中庭で、内側にあったのだが外にも簡単に出られるようになっていた、飼葉と水樽とが置かれ、リスボンから来た二人の助手も一緒にそこで過ごしていた。スブッロ、いや、われわれもなかなか慣れないものだ、フリッツは、隊長と話がしたかった、われらが隊長であってオーストリア胸甲騎兵隊長はあれから姿を現していない、カステロ・ロドリゴでの失態の償いでもしているのだろう。まだ別れを告げるときではない、ポルトガル隊が出発するのは明朝なのだから、ただ、スブッロはこれから自分を待ち受ける人生について、そして自分も象も、名前が変わってしまったことなどを少し話したかっただけである。それに、隊長にも、兵士たちにも、帰還の旅の無事を祈りたかった、さようなら、再び会うことはないでしょう。一隊が駐屯しているのは、街中から少し離れた木々が生えている場所で、脇に澄んだ小川が流れており、隊員のほとんどがそこですでに身体を洗っていた。隊長がスブッロのほうに行くと、ただ事でない顔をしていたので驚いて訊いた、何かあったのか。名前を変えられてしまいました、これからわたしはフリッツで、ソロモンはスレイマンです。だれがそんなことを。そんなことができるのは、大公しかいません。なぜだ。さあ、わたしの名前が呼びにくいからだそうです。だが、俺たちは慣れたぞ。ええ、でも、頑張ってあなたも慣れなさいと言ってくれる人が大公にはいないんですよ。気まずい沈黙が流れ、隊長はそれをできるだけ明るく破ろうとして言った、俺たちは明日出発する。はい、知っています、明日、お別れにここに来ます。また会うことがあるだろうか、と隊長に訊ねられ、スブッロは、おそらくないでしょう、ウィーンはリスボンから遠いですから、と答えた。残念だな、せっかく友人になったのに。友人だなんて、それはもったいないお言葉です、隊長、わたしは名前を変えられた、ただの象遣いなのに。そして俺は、この旅の間に心の内の何かが変わった、ただの騎馬隊の隊長だ。変わったのは、狼を見たからでしょうかね。狼ならだいぶ前に一匹見たことがあるんだ、子どものころだ、ほとんど覚えていないがな。狼と出くわすと、だいぶ人が変わるんですよ。狼のせいだとは思わないな。では、象ですね。そのせいかもしれない、ただ、犬や猫はなんとなくわかっても、象のことは何もわからないのだがな。犬や猫は人間のそばで暮らしますから、関係を作るのが容易です、よくわからないことがあっても、一緒に暮らしているうちにだんだんわかってくるものです、犬や猫が同じようにこちらに対して疑問を持つのか、そうしたことを意識しているかは知ることはできませんが。象はどうだ。象は、前にも言いましたが、別なのです、一頭の象の中には二頭の象がいると以前に話しました、一頭は教わったことを習得し、もう一頭は何もかもを無視しつづけます。なぜそれがわかった。自分も象にそっくりだと気づいたのです、自分のある部分は学んで覚え、別の部分では学んだことを無視する、そして、長く生きていくほど、無視することが増えるんです。そういう言葉遊びにはついていけんな。わたしが言葉で遊ぶのではなく、言葉がわたしと遊ぶんですよ。大公はいつ出発だ。三日後と聞いています。お前がいないと寂しくなるな。隊長がいないとわたしも寂しいです、とスブッロ、あるいはフリッツが答えた。隊長が手を差し出すと、スブッロは、その手を痛めないようにとでもいうようにそっと握って言った、ではまた明日。また明日、と隊長も答えた。二人とも互いに背を向けて離れて行った。どちらも後ろを振り返らなかった。

　翌朝早く、スブッロはまた野営地にやってきたが、象を連れてきていた。一緒についてきた二人の助手は、ここなら道中も楽だろうと、すぐさま牛が牽く荷車に乗りこんだ。兵士たちは馬に乗る命令を待っていた。隊長は、象遣いのそばに行き、これでお別れだ、と言った。良い旅を、隊長も、みなさんも。お前とソロモンは、ウィーンまで先は長いな、到着するころにはあっちは冬だろう。ソロモンが乗せてくれますから、わたしはそれほど疲れません。あっちは寒いと聞くぞ、雪と氷の国だ、リスボンでは無縁だった厄介事がいろいろあるだろう。リスボンだって寒い日もあるではないですか。そう、リスボンはなんでも世界一、寒さだって世界一のはずだった、と隊長はにやりと笑った、だが、場所柄、それは免れたんだ。スブッロもにこりと笑った、こういう軽口が楽しかったのだ、このまま午前も午後もいて、出発は明日にすればいいではないですか、家に着くのが二十四時間遅れたとして、どんな違いがあるというんです。この言葉をきっかけに、別れを告げるのは今だ、と隊長は決めた。

兵士たちよ、スブッロがわれわれに別れの挨拶に来てくれた、そして、嬉しいことに、この数週間、その護衛をわれわれの責務とした象のソロモンも連れてきてくれた。彼と同じ時を過ごせたというのは、我が人生最良の経験の一つであった、それはきっと、インドではわれわれが知らないことも知られているからだろう。果たして自分が彼のことを深く知るに至ったか確信は持てないが、わたしと彼は、きっと、ただの友だけではなく、兄弟となれただろうということは確信している。ウィーンは遠く、リスボンはさらに遠い、おそらく、われわれが再び相まみえることはないだろう、だが、きっとそれでよいのだ、われわれの記憶にこれまでの日々は深く刻まれるだろう、この点、われわれの記憶力も象と同じ〔「象は決して忘れない」という言い回しがある〕ということだ。隊長はさらに五分間ほど話しつづけたが、要旨はだいたいこういうことだった。隊長が話している間、象は何をするつもりだろうかとスブッロは考えていた、力仕事の男たちと別れたときのことを思い出すか、だが、同じことの繰り返しというのは、だいたいにおいて、新鮮味がなくつまらない、さらには、ここにいる兵士たちは臨機応変さに欠けることがわかっていた、そして、臨機応変さに欠ける者はすべてに欠ける。ただ普通に別れたほうがいいだろう、と象遣いは考えた。ところが、象はそうは考えていなかった。話し終わった隊長が、スブッロを抱擁しようと歩み寄ると、ソロモンが二歩進み出て、生き生きとした唇のようなその鼻先で、隊長の肩に触れたのだ。力仕事の男たちとの別れは、これよりはドラマチックだったかもしれない、だが、兵士たちの別れ方といえば、通常は、祖国に敬意を示さん、君を見守るは祖国なり、などという堅苦しいものなので、これとはまったく違うソロモンの別れの挨拶は彼らの心の琴線に触れ、当時も軍服と呼んだのかはともかく、軍服の袖で流れる涙を恥らいつつぬぐっていたのは一人や二人ではなかった。象遣いも象の挨拶に付き添ったが、彼の胸もいっぱいになっていた。彼はこのような時にも人前で感情を露わにすることをよしとしない男だったが、うつむくその顔には目に見えない涙がはらはらとこぼれ落ちていた。牛と荷車を先頭に、隊列は動きはじめた、これでお終い、この劇中で彼らを見ることはもうない、これが人生、俳優たちは現れては舞台を去る、そういうものだ、彼らは覚えた台詞を言い終われば、奥の戸をくぐっていずれ出て行くものなのだ。道は曲がっており、そこで兵士たちは馬の脚を止め、みんな腕を振って最後の挨拶をしてから去って行った。スブッロも同じように腕を振り、ソロモンはこれまでに聞いたことのない物悲しい咆哮を喉の奥から放った、これが彼らにできる精一杯のことである、下りた幕が上がることはないのだから。

　三日目の朝は雨だった。これに特に気分を害したのは大公だった、隊列を機能的に効率よく組んでくれる人員には事欠かなかったのに、象がどこを歩くかは自分が決めると言ってきかなかったのである。なんのことはない、ただ、象には自分と大公妃の馬車の前を歩いてほしかったのだ。これには、大公の信用が篤い執事が翻意を懇願してこう訴えた、象とは、馬と同じく、歩きながら排泄も排尿もすることは周知の事実でございます、その光景はご夫妻のお目汚しとなりましょう、と、痛ましさを前面に押し出す執事に、大公は、そう案ずるな、そういう自然の成り行きに対処するために清掃係がおるのではないか、と答えた。しかし、問題は雨である。昔からモンスーンになじんできた象は、この二年はそれもなくて寂しいくらいだったかもしれず、雨くらいでは機嫌を損ねたり、歩みが遅れたりすることはない、どうにかしろと言っているのは大公のほうだ。気持ちもわかる。スペインの半分を横断する自分たちの前を歩かせる象のために、贅を尽くした刺繡入りのまたとなく美しい鞍覆いを誂えさせたというのに、この雨ではそれが使えない、雨に濡れては傷んで村の司祭の祭服にすら使えない傷物になってしまうだろう、あの鞍覆いが使えないとなれば、自分が摂政として統べる国の民にとっても大いなる失望となろう。ということで、マクシミリアンは、陽光に反射してきらめく鞍覆いをソロモンが着けないかぎりは一歩も出ない所存であった。この雨もいつかはやむはず、雲の切れ目を待つことにしよう、と言った大公の言葉通りとなった。雨は二時間降りつづいたが、ようやく空が明るくなりはじめ、雲もあるにはあったが、暗さが薄れ、そうこうするうちに、ふいに雨がやみ、あたり一帯の空気が軽やかになって、やっと姿を現した太陽の光を受けて澄みはじめた。喜び勇んだ大公は、はしゃいで大公妃の太ももをぱんと平手で叩くことまでした。それから、隊列をふたたび組ませると、副官を呼び、彼が先導して光輝く胸甲騎兵隊を率い、駆歩で行くようにと命じた。出立を急げと兵たちに告げよ、遅れを取り戻さねばならぬ。その間、用意してあった大きな鞍覆いを、フリッツの指示に従って使用人たちが苦労しながらスレイマンの逞しい胴体の上に広げていた。生地の質といい、仕立てといい、国庫に与えた影響といい、リスボンから持ってきたものとは比べようもなく立派な衣装に身を包んだフリッツがスレイマンの肩に乗った、そこからだと、前も後ろも行列が見渡す限りに続いているのがわかり、まことに圧巻だった。フリッツより高い所で旅をする者はいなかった、万事の采配を振る大公よりも高いのだ。人の名も象の名も変えることができる大公も、その目の高さは一般の人間と変わらない、馬車で運ばれ、いくら香水をふんだんに使っても、外から漂ってくる悪臭をないものにすることもできないのだ。

この一団が揃ってウィーンまで行くのだろうかと不思議に思う人もいるだろう。そうではない、と今のうちから言っておこう。いま、大仰な隊列を組んでいる人の大半は、フランス国境に近いローサス村の港までしか行かない。そこで大公夫妻と別れる、おそらくは夫妻が船に乗るところまでを見届けるだろうし、スレイマンの四トンもの重量が突然増えて船はどうなるのか、後甲板はあの重さに耐えられるのか、あるいは難破してバリャドリードに戻るはめとなり、後年語り草になるのだろうか、などとやきもきするはずだ。中でも悲観主義者たちは、象のせいで船が傷んで海上で危険に曝されることを危惧していた、象は船の揺れに怯えて不安定になるだろうし、しっかり踏ん張り立っていられないのじゃないかとも言った。考えたくもないよ、と近くにいる仲間に痛ましげに呟きつつも、後日、ほら、言わんこっちゃない、と言える日を楽しみにしているようでもあった。この文句屋の言うことは放っておこう、なにしろこの象はインドからはるばる来たのである、インド洋と大西洋の大波を乗り越えて、今ここにいるのである、物怖じしない堂々としたその姿は、人生ずっと船旅をしていたのだとでもいうようだ。だが、今は、足で歩いている。しかも非常に長い距離を。地図で確かめるだけで、こちらがくたびれてしまうほどの距離だ。しかし、その一方で、地図だとすべてが近くにあるようにも見える、言ってみれば、すぐそこに。当然、それは縮尺のせいである。一センチが実は二十キロに相当するということを頭では理解しても、その過程で、自分自身も同じように縮む必要があることまではなかなか考えが及ばない、そもそも人間など、地球上ではちっぽけな存在でしかないのだ、それが地図に移れば、その存在など極小である。たとえば、人間の足の大きさが、地図ではどれくらいになるか考えてみればよい。あるいは象の足でもいい。あるいはオーストリアのマクシミリアン大公の一隊でも。

行列がその輝きをすっかり失うのに二日とかからなかった。出発当日の朝、しつこく降った雨のせいであらゆる馬車の飾りが台無しになっただけでなく、短時間であろうと長時間であろうと、降りしきる雨の中を並んで歩くことを余儀なくされた者たちの衣装もまた、悲惨な状態であった。今、一隊は、先史時代以来、雨など一度も降ったことがないように見える地域を進んでいた。胸甲騎兵隊が通るそばから埃が舞い上がったが、胸甲騎兵らも、もれなく雨にはひどい目にあわされていた、というのも、鎧は密閉式の箱ではない、各部位がしっかり噛み合って接合されているわけではなく鎖で繋がっていたために、その隙間から刀や剣が容易に差し込まれることもあったのだから、結局は、カステロ・ロドリゴで鼻高々に見せつけていた勇壮な甲冑も、実用面ではたいしたことがなかったのだ。彼らに続いて、ありとあらゆる用途のための荷車、荷馬車、馬車などの列が延々と続き、それぞれが埃を上げるわけだから、風が吹かないと、日が落ちるまで埃は空中を漂い続けることになる。今回は、一番足が遅いものが全体の速度を決めるという規則はなかった。象のための飼葉と水を運ぶ二台の荷車は列の最後に追いやられてしまったため、時折、みんなはこれが追いつくまで足止めを食らうことになった。そして、大公をはじめとして、みんなをうんざりさせたのが、欠かすことができないスレイマンの午睡だった、大公はいらだちを隠そうともしなかったが、象のためだけのはずのこの時間は、次第にみんなの休憩時間にもなっていった、とはいえ、この調子じゃ、いつまでたっても着かないぞ、なぞと口では文句も言っていたのだが。初日に隊列に止まれの合図が出て、それはスレイマンが休憩をとる必要があるかららしいという情報が回ってきたので、大公はフリッツを呼んで、ここで命令するのはだれだと思っている、と問いただした、とはいえ実際にそういう訊ね方をしたのではない、オーストリア大公ともあろう者が、どこにいようとも自分以外に命令する者がいる可能性があるなぞ、おめおめと受け入れるはずもなかった、そして、大公にそう問われれば、庶民としては恥じ入ってひれ伏すことが然るべき唯一の答えと思うだろう。しかし、スブッロがそう簡単には怖気づかない男であることをわれわれはさんざん目にしてきたのだし、今、フリッツという新たな化身《アヴァターラ》を手に入れたからといって、彼が物怖じして言葉に詰まり、尻尾を股の間に挟んで、ご随意に、などと言っている姿を想像するのは、不可能とは言わずとも、極めて難しい。スブッロは手本のような答えをこう返した、その権限をほかの者に委託しておられないかぎり、絶対の権限は大公殿下の御手にございますことは、法と伝統に則り、生まれながらの臣下も、わたくしめのように生まれた後に臣下となった者も、余すことなく承知いたしております。そのほうの口の利き方はまるで学者だな。わたくしめなど、いくらか読み書きを覚えた一介の象遣いにすぎません。いったいスレイマンはどうしたというのだ、午後のまだ早い時間に休まねばならないとは。インドの風習でございます、殿下。だが、ここはスペインだ、インドではない。殿下が、わたくしが存じているつもりであるのと同じほど象のことをご存じでおられましたらきっとおわかりのはず、アフリカ象のことではありません、アフリカ象についてはわたくしの知識は及びません、インド象には、自分がいるところはどこであれインドなのです、何があろうと、その象の心にはいつでもインドが変わらずに残っているのでございます。美しい話を聞かせてもらった、しかし、余はここからまだ長い旅をせねばならぬ、それなのにその象は一日に三時間も四時間も無駄にしおる、今日からスレイマンの休憩は一時間とする、それで充分である。殿下に御意とお答えできませぬこと、まことにいたみ入りますが、どうかわたくしめの経験からの言葉をお聞き入れください、一時間では足りません。どうだかやってみよう。命令は下されたが、翌日には撤回された。物の道理をわきまえなくちゃ、とフリッツは言っていた、飼葉も水も三分の一に減らされては、スレイマンが生きていけないのと同じように、正当な休憩時間の大半を奪われて、黙って従うわけにはいかないよ、とんでもなく過酷なことをさせられているんだから、休憩を取らなければスレイマンは死んでしまう、インドの森に住む象が朝から晩まで何キロも歩き続けることは知っている、だが、それは自分たちの土地での話だ、こんなだだっ広い、猫一匹入る木陰もない土地なんかじゃない。フリッツがスブッロという名前だった時、象の昼寝を四時間から二時間に減らされても文句の一つも言わなかったということを忘れるわけにはいかない、だが、あれはまた今とはちがう、ポルトガルの騎馬隊長は話のわかる男で、彼の友人であり、ここにいる権威を笠に着た大公、カルロス五世の婿であるということ以外はなんの長所もない男とは違うのだ。しかしフリッツもフェアとは言えない、ずいぶんと大公を嫌ってはいるようだが、このオーストリア大公ほどスレイマンを手厚く扱った者はいないことは考慮してもよかったはずだ。たとえば、あの鞍覆いだ。インドの王族《ラージャ》に仕える象とて、こんな逸品をもらったことはないだろう。とにかく、大公は機嫌を損ねていた、漂う空気に反抗的な臭いを嗅ぎ取っていたのだ。厚かましくて弁の立つ、このフリッツという男には、懲罰を加えて然るべきと思いはしたものの、ウィーンにはほかに象遣いがいないという事実を大公はじゅうじゅう承知していた。たとえ、何かの奇跡が起きて、世に珍しい象遣いがほかに見つかったとしても、象も、その象遣いも、互いに慣れるまでには時間がかかることだろう、そんなことをしているうちに、あの巨体動物が何をしでかすことやら、さらには、あの大きな脳みそが企んでいることを予測するのは、大公を含むいかなる人間にとっても、勝ち目のない賭けに打って出るようなものだ。象は、現実として、人間とは違う生物だということだ。われわれの世の中とは無縁で生きていて、われわれに馴染みの深い規範とは合致するところが一切ない、彼らなりの法に則って生きている、だから、大公の前を行くのか後ろを行くのかなんて、象はまったく意に介していないのである。実は、スレイマンが繰り返す排泄行為という見世物とその強烈な臭気に、もっとほかの香りに慣れた大公の繊細な鼻が耐えられなくなったというだけのことだ。実のところ、大公が罰したいのはフリッツなのだ、そこで、ここ数日間は見物人の目にはあたかも地位の高い人物であるかのように映る場所を歩かせていたが、後方に追いやることにした。フリッツの高さはこれまでと変わらないが、もう大公の馬車はその後ろを行くことはない。フリッツは、これはもしや罰かと薄々感づいてはいたが、公正なご判断をと懇願はできなかった、というのも、その同じ公正な判断が、隊列内での象の位置が変わったことで、象がマクシミリアン大公とその奥方でありカルロス五世の息女であるマリアに不快をもたらす要因を取り除いたのだから。その問題が解決されると、さらにもう一つの問題も解決された。しかも、その夜のうちに。象が後続に下がったことに気を良くしたマリアが、あの鞍覆いを取ってやってと夫に言ったのだ、あんなものを載せないといけないなんて、かわいそうなスレイマンにとっては罰を受けているようなものですわ、それに。それに、なんだ、とマクシミリアン大公は訊いた。あんな教会用の飾りを背中に載せて、大きくて立派な動物ですのに、あれを見た人は、最初は驚いてもすぐに滑稽で異様だと思いますわ、見れば見るほど、奇妙ですもの。あれを考えたのは余であるが、しかし、言われてみるとそうかもしれぬ、あの鞍覆いはバリャドリードの大司教に送り返そう、彼であればよい使い途を思いついてくれるだろう、もしもこのままわれわれがスペインに残っていれば、鞍覆い製の祭服でめかし込んだローマ教会屈指の大将が練り歩く姿を見物できたであろうにな。

象の旅はここ、ローサスの海で終わることだろうと少なからぬ人間が予想していた。甲板への渡し板が四トンもの重みに耐えきれず割れてしまうだろう、とか、大きな波を受けて、今や哀れにもスレイマンなどという野蛮な名前をつけられた、かつての幸福な象のソロモンは、足をふらつかせて波間に真っ逆さまに落っこちて最期を迎えるのだろう、とか。大公にお別れを告げるためにローサスに集まった貴族たちは、象どころか象の絵も見たことがない者が大半だった。この動物がこれまで海を旅したことがあるのだとか、あの脚は甲板をよろけずに歩けるのだなど、だれも知るはずもなかった。船を操るとか、帆桁に上って帆をたたむとか、八分義だか六分儀だかを使うのはさすがに無理だが、四本脚を杭のごとく食いこませる象を舵の側に置いてみよ、そして激しい嵐を呼んでみよ。そうすれば、荒れ狂う逆風を腕利きの操縦士のごとく頭を挙げて優雅にかわし、そんな技は四種の経典《ヴェーダ》で幼少時に習い覚えたのだ、たとえ、人生の悲しいいたずらで、日々の糧を稼ぐために木材を運んだり、場末の見世物小屋で礼儀知らずの客たちから好奇のまなざしで見られたりしていても、決して忘れることはない技だ、と言わんばかりの象の雄姿を見られるはずだ。みんな、象を誤解している。重たい金属の球体に巧みに乗って見せる、その湾曲した極小の面積にやっとのことでその足を乗せることを、象が楽しんでいると思ってはいまいか。象が、特にインド象が穏やかな性質をしているのは、われわれにとって幸いなのだ。彼らは人間に対してどこまでも忍耐強くいてくれる、たとえ人間どもに追い回されて殺され、象牙を狙われて切断されたり引き抜かれたりしても。象たちは、彼らの預言者が説いた有名な言葉を互いに掛けあっているのだ、父よ、彼らをお許しください、自分たちが何をしているのかわからないのです〔新約聖書ルカによる福音書第二十三章三十四節〕、と。彼らとは、われわれすべてのことだ。特に、ひょっとしたら象が死ぬところが見られるかもしれないとここまでやって来た後で今はバリャドリードへの帰路についている人間どものことだ、彼らが抱いている欲求不満は、曲芸師が網の外に落下するのを見逃したくないからとサーカスの一座の後をついて回る連中と同じである。ああ、それからもう一つ忘れていたことがある、これを修整せねばならない。舵の操縦で象の右に出るものはいない、そして、航海が始まってから何世紀と経つが、象ほどキャプスタン〔船の錨ややもやい網などを巻き上げる装置〕の扱いに長けたものもいないということを。

スレイマンは、甲板の一角に棒で作った囲いの中に入れられたが、こんな囲い、一見頑丈な作りには見えるが、形だけのもので、すべては移り気な象の機嫌の良し悪しにかかっている。フリッツは、何か耳にいれておくべきことはあるかと船内をうろついていた。とりあえず、この船はどこの港に向かっているのかという肝心な問いへの答えをもらいたいと、だいぶ年がいった水夫に訊ねてみると、人の善さげな顔をしたその男は一言で即答してくれた。ジェノヴァさ。それはどこですか、と象遣いは訊いた。男は、この世でジェノヴァを知らない人間がいることが理解できないようで、ただ東の方を指して、あっちだ、とだけ言った。ということは、イタリアですか、と重ねて訊ねながらも地理の知識が乏しい象遣いは内心ひやひやしていた。そうだ、イタリアだ、と水夫は言ってくれた。じゃあ、ウィーンは、ウィーンはどこです、とフリッツはさらに訊いた。もっと北だ、アルプスの向こうだ。アルプスとはなんですか。アルプスってのは、でかい山だ、大きくて、越えるのにはだいぶ苦労する、特に冬はな、いや、俺か、俺は行ったことはねえ、だが山を越えたことのある旅の人たちから聞いたんだ。そんなに大変なんですか、かわいそうに、ソロモンは苦労するな、インドなんて暖かい土地から来たんだもの、すごく寒いところになんていたこともない、でもその点はぼくも一緒です、あの子とぼくは、だってぼくもインドから来たんだもの。そのソロモンってのはだれだい、と水夫が訊いた。ソロモンは、スレイマンと呼ばれるようになる前の象の名前です、ぼくも同じことです、この世にやってきたときからスブッロと呼ばれていたのに、今はフリッツというんです。どこのどいつに名前を変えられたんだ。そんな力をふるえる人間なんて、この船に乗っているオーストリア大公くらいですよ。そのお人が象の持ち主なのかい、とまた水夫が訊いてきた。はい、それで、ぼくが象の世話役、飼育係、正しくは象遣いなんです、ぼくとソロモンはポルトガルで二年過ごしたんです、住み心地は悪くはなかったのですが、今度はウィーンに向かっているんです、とてもよいところだと言われました。そうだな、そういう噂は聞くな。本当にそのとおりだといいんですが、それに哀れなソロモンが落ち着いてゆっくりできるといいんですが、だってあの子はこんなにたくさん歩く動物じゃないんです、ゴアからリスボンまでの旅だって充分大変だったのに、ソロモンはポルトガル国王の象だったんです、ジョアン三世です、それがオーストリア大公の贈物にさせられて、ぼくはたまたまあの子に付いていくことになって、最初はポルトガル行きの船に乗せられ、今度はウィーンだ。そういうのを、世界を見るって言うんじゃないかね、と水夫は言った。あなたみたいに港から港へ旅する人ほどでは、と言いかけたところで大公がやってくるのに気がついた象遣いは口を閉じた、後ろからは当然従者が付いてきていたが、どうやらソロモンが嫌っている様子の大公妃は一緒ではなかった。スブッロは気づかれないようにさっと脇によけたが、大公は気づいていた、フリッツも来い、象を見に行くぞ、と声を掛けられてしまった。象遣いは前に進み出はしたものの、どのあたりを歩けばよいのかわからずまごまごしていると、大公自身に、前を行け、万事つつがないかを見極めよ、と指示された。それは幸いであった、というのも、スレイマンは、象遣いの姿が見えなくなったところで甲板の床板が用を足すのに具合がいいと思ったようで、その結果できあがった糞尿のべたつくカーペットを踏みしめながら飛沫をあげているところだったのだ。横に置かれた象の飲み水が入った樽はまだほとんど満杯だったが、飼葉のほうは、まだいくらか、本当にいくらかという程度が残っていて、ほかの飼葉は船倉にしまいこまれていた。スブッロは頭を高速回転させると、腕っぷしの強そうな五、六人の水夫に声をかけ、みんなで水樽を傾けてざっと水を海に向かって流した。その結果はめざましかった。水の勢いと、もともとのそれが水っぽかったのも手伝って、悪臭漂う糞尿のスープは船べりから流れ落ちていったが、象の足裏にまだ少しへばりついていたので、もう一度、さっきよりは少ない量の水を流すと、だいぶましな状態になった、それでもこれで明らかになったのは、善の敵は最善であるだけでなく、どれだけ奮闘したところで、善は最善の足元にも及ばないということだ。これでよし、大公を呼び入れられる。だがその前に、バリャドリードとローサス村の間の百四十レグアの距離を飼葉と水を運んでいた牛たちはどうしたのだという諸賢の懸念について詳らかにしておこう。フランス人は、便りのないのは良い便り《パ・ド・ヌーヴェル、ボンヌ・ヌーヴェル》という諺をよく口にするが、ちょうどこの諺が使われはじめたのがこの時代で、そのとおりにまったく心配ご無用、牛たちは元気でいる、牛の荷車はバリャドリードに向かっていた、街ではあらゆる家柄の乙女たちが、牛たちが到着したらその角にかけてやろうと花輪を作って待っている、なぜそんなことをするのかと彼女たちに訊ねたところで埒は明かない、どこで聞いたかも忘れたが、ローマ・ギリシャ時代あたりでは、昔から仕事を終えた牛たちを花で飾ってねぎらう風習があった、と乙女の一人が聞いたようだ、そういうことなら、バリャドリードとローサス村間の往復二百八十レグア、これはなかなか骨の折れる仕事である、ということで、花輪で出迎えるという案にはバリャドリードの貴族も平民も飛びつき、これは祭りでも催すかという話も持ち上がっていて、騎馬試合、花火、貧者への食物や衣服の施し、ほかにも喜び浮かれる住民たちが思いつくことであればなんでもやっただろう。こんな無駄話をしている間に、とはいえ、これも諸賢の心の平穏のために不可欠な挿話だったと確信するが、象を見に来た大公の様子を見逃してしまった、まあ、たいした損ではない、記録に書かれていることも、書かれていないこともあるが、この同じ大公は、これまでにもあっちこっちを訪ねて回っては何事もなく済んでいるのである、宮廷儀式の規定《プロトコル》はそのためにあるのであって、そうでなければ意味がなくなってしまう。大公は象のスレイマンの健康と状態を訊ね、フリッツは大公の耳に快い言葉を選びつつ適宜返答した。かつての貧しい象遣いが、この数日の習練を経て、いかに宮廷風の気配りや策略をものにしてきたのかがわかる、その点、社交界の洗練した振る舞いよりも、告解だの聖具室だのを重んじて偽善の宗教にばかり熱心なポルトガル宮廷から教わったことはほとんどない、というのも象遣いはたいていベレンの小汚い囲いの中で過ごしていて、教育を受けるような機会などはなかったのだ。大公はしばしば鼻に皺を寄せて香水をたらしたハンカチを使っていた、その姿を見て、あらゆる悪臭に慣れており、鉄の嗅覚を持つ海の男たちは少なからず驚いた、彼らの鈍感な鼻は、甲板から流したスレイマンの落とし物の残り香がまだ漂っていることに気づけなかったのである。自らの所有物の安全の確認という、所有者の義務を果たしたところで、大公は後ろに従者を従えて、宮廷に住み着く孔雀が尾を引きずって歩く姿そっくりにその場をそそくさと退散していった。

　甲板の一角に場を占めたスレイマンの四トンの重量を考えて今回は計算が複雑になったが、船への積載が完了し、出航するばかりとなった。錨を揚げ、丸形だけでなく三角形の帆も張られたが、三角形のほうは百年くらい前のものを修繕しながら使っている、のちにラティーンと呼ばれることになる遙か昔にポルトガル人が地中海を渡るのに使っていた帆である。最初はぎこちなく揺れていた船は、帆が風をはらむと、一路東へ、年老いた水夫の言葉どおりジェノヴァへ向けて出航した。船旅は三日間続いたが、海はずっと時化《しけ》て、吹き荒れる激しい雨に、象の背中も、せめてもの雨除けとして布袋を被っていた水夫たちも、ぬれねずみとなった。大公は、大公妃とともに暖かな船室にこもりきりで、まあ、状況から察するに、三人目の子づくりに励んでいたことは明らかだった。雨がやみ、強風もおさまってくると、乗員たちは、目をしばたきながら、弱々しい日の光のもとによろよろと出てきはじめたが、船酔いで顔を蒼白にし、見るもおそろしい隈を目の下にこしらえたこの男たちの生気を取り戻させることは至難の業、胸甲騎兵たちは、今や遙か記憶の彼方にあるかに思える固い陸地での戦の思い出をよすがに奮い立とうとしていたが、そこには、馬にも満足に乗れぬ貧相なポルトガル軍に銃の一発も放つことのないまま敗北を喫したカステロ・ロドリゴでの恥ずべき出来事も、渋々ながら含まれていた。四日目の朝を迎えて、海は凪ぎ青い空も見えてきたとき、水平線がリグーリアの岸辺と重なった。明らむうちに、地元の人たちからラ・ランテルナという愛らしい名前で親しまれるジェノヴァの灯台の光は白んできたが、それでもまだ、その瞬きは港を目指す船たちを案内してくれていた。二時間後、水先案内の小舟の先導で船は湾に入り、すべての帆をたたんで埠頭に空けられた場所へと滑り込んだが、岸にはありとあらゆる種類の荷馬車や貴族用の馬車などが、だいたいはラバに牽かせて待機していた。当時の伝達手段が、時間がかかるうえに面倒で、しかも非効率的だったことを考えると、船の到着の時間に間に合わせてさまざまな準備が整えられたのは、ここでもまた、おそらく伝書鳩の活躍があったのだろう、おかげでどちらも待ちぼうけをくらうことがなかった。さて、ここまでで、人にしても物にしても、オーストリアに関する話題には、どこか冷笑や嫌味が潜んでいると思われていることだろう、意地が悪いだけでなく、明らかに公平性に欠く、と。こちらにはそんなつもりはないのだが、文章を書くとはどういうことかご存じの方にはご理解いただけると思う、耳に聞こえが良いように、一語を書けばまた一語が呼びこまれ、その連なりでできた文章は、誠実であるより軽妙、道徳的よりも美的であることが選ばれがちなのだ、だいたい、読んだところでなんの得にもならないこの物語に、そんな鯱張《しゃちほこば》ったことを言ってなんになる。こうして、人は、知らず知らずのうちに、人生で多くの敵を作るのである。

　最初に姿を現したのは胸甲騎兵だった。渡り板で馬が足を滑らせないように手綱を引いて下船してきた。騎馬隊の馬は、入念に手入れされているのが常のはずだが、この馬たちには粗末に扱われた様子がうっすらと漂っており、よく櫛をかけて毛並みを整え、たてがみの輝きも取り戻してやる必要があった。これを見て、オーストリア胸甲騎兵隊の恥だと言い出す者がいるかもしれないが、それこそ不当な誹りである、彼らがどれだけ長い、長い旅をしてきたことか、バリャドリードからローサス村まで約七百キロ、雨の日も風の日も、時に灼熱の太陽に曝されて汗まみれになり、そして何より、常に埃、埃、また埃の中を歩いてきたのだ。たった今、船から降りてきた馬たちのなりが少しばかりみすぼらしくても、それは致し方ないことなのだ。とはいえ、居並ぶ馬車、荷馬車、荷車の間から、埠頭に降り立ち近くまで来た彼らを観察すれば、われわれには馴染みのあの隊長の命令で、大公夫妻の下船を迎える栄誉礼が名門ハプスブルク家の格式を保つようにと兵士たちが動き、馬たちの見栄えをわずかなりとも良くしようとしていることが見て取れた。大公夫妻は最後に船を降りるので、それまでには馬たちも、いつもの隆《りゅう》とした姿をいくらかは取り戻せるだろう。今は、大量の衣装箱、何十という櫃や長持を運び出しているところだ、これらには、増える一方の夫妻の衣装と宝石類が詰めこまれているのである。この時間になると見物人の数は膨れ上がっていた。オーストリア大公夫妻が下船するぞという声が町を駆け巡ったからだが、さらにはインドの象も連れているらしい、これを聞いて男も女も港へ向かって走り出した、好奇心に駆られるのには男も女もない、そうして押し合いへし合いの人で埠頭がいっぱいになり、もはや荷物の積み下ろしにも支障が出るほどだった。大公の姿は見えない、まだ船室にこもっているのだろう、だが、象はあそこにいる、甲板に立っている、巨大で、ずいぶん黒っぽい、鞭のようにしなるあの太い鼻、さらにはサーベルのように尖った牙、スレイマンの穏やかな性格を知らない野次馬たちは、あの牙はまず間違いなく武器として使われるのだろうと考えた、そしてその後は、当然のごとく十字架だの聖骨箱だの、キリスト教世界にあふれかえる象牙の工芸品になるのだろうと想像を膨らませた。埠頭で、あれはあっち、それはこっちと指示を出しているのは大公の執事だった。経験豊富な彼は、ざっとその場を見渡しただけで、この櫃を運ぶのはあの車、この衣装箱と長持はこっちの車、と采配を振った。どれだけぐるぐる回しても、あっちこっちに傾けても、必ず北を指す羅針盤のような男である。執事が、また同様に道路清掃人が、いかに国家機能において重要な役割を担っているかという点についての検証がいまだ充分になされていないということを、ここで敢えて述べておきたい。さて、今は飼葉を降ろしているところだ、船倉では大公夫妻の宝飾品と肩を並べて収納されていたが、これからは分相応の乗り物で、要するに、できるだけ大量の荷を運べるように作られた荷車で運ばれることになる。水樽も飼葉と一緒に載せられるが、こちらは空である、というのも、ここから先、諸賢もすぐにわかるであろうが、冬の北イタリアとオーストリアの道中で水に困ることはないからである。さあ、いよいよ象のスレイマンが船を降りる。賑やかなジェノヴァの庶民の一群は、緊張と興奮でいっそうかしましくなった。もし、ここにいる女、男のみんなに、どちらをより間近で見たいか、大公か、象か、と訊ねたら、大差をつけて象の得票数が上回るにちがいない。象が、その長い鼻で手荷物を入れた袋を提げた男を自分の肩に乗せたときには、期待に胸を躍らす人々から一斉に、おお、と溜息が洩れた。男は、スブッロ、あるいはフリッツ、どちらでもよいが、世話係、飼育係、象遣いである、大公からはあれほど屈辱的な思いをさせられたのに、今、埠頭に集まったジェノヴァの群衆の目には、これ以上ないほど華麗な人生が約束された人物と映った。象の肩に乗り、膝の間に荷物を挟んで汚れた作業着に身を包んだ彼は、口をあんぐりと開けてこちらを仰ぎ見ているジェノヴァの人々を、勝者の尊大さをもって見下ろしていた、あれは絶対的な衝撃を受けたときの表情だと言われるが、真に絶対的なものなど、実人生で見ることなどないものだ。ソロモンの上に乗ると世界はいつも小さく見えるとスブッロは思ったものだが、今日は、ジェノヴァ港の埠頭で、自分も、自分の命令に粛々と従うこの規格外に大きな動物も、目の前で繰り広げられる見世物として文字通り心を奪われた数百人の視線の的になりながら、その人の群れを見下すような感覚で眺めているうちに、あることと比べて頭の中に閃光が走った、要するに、大公も、国王も皇帝も、象の上に乗った象遣いとなんら変わらないのだ、と。棒でとん、と合図して、フリッツはスレイマンを渡り板に向かわせた。その近くにいた見物人は仰天して後ずさった、さらには板を渡る途中で、なぜだか理由はわからないが、象が突然いなないたために、人々の慄きはいや増した、彼らの耳に象の鳴き声はエリコの角笛［旧約聖書のヨシュア記より。神の助言に従い、エリコの町を攻略する際にヨシュアは角笛を吹いて町の城壁を破壊した］もかくやと響き、みんなを恐怖の淵に陥れた。ところが、埠頭に降り立つや、あれは目の錯覚だったかのように、象はいきなり背の高さも胴回りも縮んで見えた。今でも全身を見ようとすれば上から下まで視線を動かさねばならないが、もう首を反らして見上げる必要はなくなった。目に慣れるとはそういうものである、この獣はいまだおそろしく大きいが、さっきまでジェノヴァの民の目に映っていた月下世界第八の不思議のオーラは消え失せ、象と呼ばれるただの動物以外の何物でもなくなっていた。権力とそれを支えるものの正体を見ぬいたばかりで、その高揚にまだ酔いしれていたフリッツは、人々の熱気が急速に冷めたのを感じてむっとしたところに、甲板に姿を見せた大公と大公妃にとどめの一撃をくらわせられた。世話係を従えた夫妻のそばには、なんといっても二人の子どもたちが、実際に今も乳をやるかは知れないが、乳母とおぼしき女性たちにそれぞれ抱かれていたのである。片方は二歳の姫で、のちのスペイン国王フェリペ二世、あるいはポルトガル国王フィリペ一世［一五八〇年にポルトガル王家が断絶し、スペイン国王フェリペ二世がポルトガル国王フィリペ一世として即位した］の四番目の妻になるのだと、今のうちに言っておこう。大事の前の小事とよく言うではないか。これで、大公夫妻には大勢の子がいたはずだがどうなっているのかと首を傾げていたであろう読者の疑問への答えになったかと思う、次々と生まれた十六人の子どもたちの先頭を切ったのが、まさにこの小さな姫、アナである。さて、話を戻そう、大公の姿が現れるとともに万雷の拍手と万歳の声が沸き、大公は、手袋をはめた右手を振ってそれに応えた。さっきまで荷物を降ろすのに使っていた渡り板は使わず、馬の蹄、象の大きな足、荷を運ぶ男たちの裸足の足裏が残していった汚れには一切触れないよう、隣に渡したきれいに洗って磨いてある板から降りた。有能な執事を持つ大公は幸いである、執事のほうはこれから船に戻り、あちこちを見回って、立て付けの悪い床板の隙間などにダイヤモンドの腕輪でも落ちてはいないかと検分するのである。こちら、船の外では、胸甲騎兵隊の騎士たちが二十五頭ずつ二列に隙間なく並んだ馬に乗り、列の間を大公が通るのを待っていた。さてここで、大公はきっと自分の馬車にたどり着くまで鞘から抜かれた剣を両側から合わせた下をくぐって歩いたのだろうと、つい重大な時代錯誤に陥りそうになるが、そんな敬礼の方法は、これより数世紀後に、おおかた、どこかの軽薄な輩が考え出したものなのだ。大公と大公妃は、待機している美しい装飾が施されつつも頑丈な馬車に乗り込んだところだ。あとはもう、隊列が組まれるのを待つだけである、二十人の胸甲騎兵が前を歩いて行列の先頭となり、しんがりを務めるのは三十人、これは、めったにないことではあろうが絶対にないとも限らない、野盗の襲来に備えてのことである。ここはカラブリアでもなければシチリアでもなく、リングリアという文明の地であり、続いて通って行くのはロンバルディアとヴェネトなのだが、それでも、染みは一番良い布につくと言うことだし、大公の後方にも護衛を置くというのは良策である。残る心配は空から何が落ちてくるかだ。そうこうしているうちに、透明に輝く朝は、少しずつ雲に覆われていった。

ジェノヴァを出る一隊を、雨が待っていた。それも不思議はない、秋が深まりつつあることだし、この土砂降りもコンサートの前奏曲にすぎないのだ、アルプスは、テューバ、打楽器、トロンボーンをずらりと並べ、がらがらどしゃんと聞かせてしんぜようと準備していた。悪天候への備えが薄い者たち、つまりは胸甲騎兵たちと象遣いのことであるが、前者は冷たく着心地の悪い鋼で覆われて最新型のビートル［甲虫のように丸い形をした車種の愛称］のような姿をし、後者は象の肩の上で遮るものもなく北風に打たれて雪の尻尾を七本持つ猫に襲われるがままだったが、幸いにも、マクシミリアン大公はこの世界の黎明期より賢者が繰り返し説いている、備えあれば憂いなしという金言にようやく耳を傾けることにした。ジェノヴァを出るまでに二度、一隊の足を止めて胸騎兵隊と象遣いの防寒着が調達された、外套はどれも無計画に製造されたことが明らかで色も形もてんでんばらばらだったが、ともあれ、それらを賜った幸運な者たちを寒さと雨からは守ってくれた。この大公の恩寵のおかげで、購入した外套をまとめて括りつけた鞍に兵士たちが我先に群がる様子から、行軍の歩みを妨げることなくそれを巧みに身に着け、軍の歴史上そうお目にかかれないほどの兵士たちの喜びぶりまでをもわれわれは観察することができたわけだ。かつてスブッロと名乗った象遣いのフリッツもその中の一員だった。ぬくぬくと外套を着込んだフリッツは、バリャドリードの司祭に慈悲深くも送り返された鞍覆いのことをふと思い出した、今であれば、この冷たい雨に無慈悲に打たれるスレイマンに、あれがどれほど役立ったことだろう。最初のうちは断続的にざっと降っていた雨は見る間に大嵐となり、その結果、スレイマンと大公殿下を見送りに外に出てくる人はほとんどいなくなってしまった。この先しばらくは象がここを通る機会などないというのに、もったいないことをしたものである。大公のほうは、彼のように皇帝に匹敵する人物のちょっとした遠出に関する記録がわれわれの手元にないので確かなことは言えない、またここを通るかもしれないし、通らないかもしれない。だが、象に関しては間違いない、この道を通ることは二度とない。ピアチェンツァに着く前に天候が回復したので、護衛されて旅をする貴人の体面も保つことができた、胸甲騎兵たちは外套を脱いでいつもの立派な姿を取り戻した、ジェノヴァを出てからは、頭には兜、背には粗末な毛織の外套という珍妙な姿で歩いてきたが、幸い、そんな恰好で町に入らずにすんだ。今回は、大勢の人々が道に出てきて彼らを出迎えた、大公は大公であるがゆえに拍手を受け、象のほうも、象であるがゆえに同じくらいの温かい拍手を受けていた。フリッツは外套を脱いでいなかった。マントと呼ぶほうが似合いなほど粗い織物をたっぷりと使って作られたこの外套を着ていたほうが、ゆったりと歩む堂々としたスレイマンに似合いじゃないかと考えたのだ。本音を言えば、彼はもう大公に名前を変えられたことを気にしていなかった。ローマではローマ人になれという古い諺をフリッツは知らなかったし、オーストリアに行ったらオーストリア人になろうという考えもさらさらなかったが、静かな生活を望むのなら人目を引かぬようにするほうが得策と考えたのである、初お目見えが象の上でとなれば、どうしたって最初から特異な人物と見られるのは避けられないとしても、だ。というわけで、湿った布地からほんのりと獣くささが漂う外套にくるまれてフリッツは進んで行った。バリャドリードの道で命じられたとおり、大公の馬車の後ろを歩き、さらに自分の後方には飼葉の山と、雨のせいで水が溢れかえっている樽を載せた車、そこからさらに荷馬車や荷車を従えている彼の姿は、遠目からはとてつもなく長い行列を従えているように見えたことだろう。彼は幸せな象遣いだった。ベレンで窮屈に暮らしながらインドへと出帆する船を眺め、隣のジェロニモス修道院から聞こえてくる修道士たちの聖歌を耳にしながら、ただ無為に二年を過ごしたポルトガルは、今は遠い。あの巨大な頭に思考という高尚な技能があるかはわからないが、とりあえず余地はたっぷりあるわれらが象とて、かつてのぐうたらな生活を懐かしんでいたとしても無理はない、とはいえ、そんな郷愁があるのなら、それは怠惰こそ健康の敵という知識が象には欠如している故である。怠惰よりも身体に悪いのは煙草くらいだという認識が広まるのは、もっとずっと先のことだ。そうは言っても、山羊の脚を持つ悪魔ですら音をあげそうな悪道ばかりを三百レグアも歩いたスレイマンを怠け者呼ばわりすることは、もはやできまい。ポルトガルでは、その呼び名も確かに当たらずとも遠からずではあった、だが、そんな日々はとうの昔のこと、ヨーロッパの地を初めて踏んでからこの方、象自身、思いがけぬほどの力が湧いてくるのを感じたはずだ。こうした類の力は、貧困に窮したり、職を失ったりするなどしてやむなく外国に移民した人にしばしば見られる現象だ。生まれた土地では何事にも無気力、無関心だった人間が、日に日に活動的になり、めきめきと力を発揮することがある。そういう人のことを、身中にキクイムシがいる［ポルトガルで、活動的な人のことを言う］と言ったりするが、同じキクイムシでも、樹木を食い荒らして枯らしてしまう虫とはわけがちがう。ピアチェンツァの近くで野営の準備がすっかり整う前に、スレイマンはすでにモルフェウスに抱かれて眠りの国にいた。そして、フリッツは、その隣でマントにくるまり安らかに鼾をかいていた。早朝、ラッパが鳴り響いた。夜半に雨が降ったが、空は明るかった。この空が、昨日のように灰色の雲に覆われることのないように願おう。まず、彼らが向かうのは、ロンバルディア州マントヴァである、見どころは多いが、偉大な音楽家ジュゼッペ・ヴェルディが公爵の屋敷に仕えるリゴレットという道化の運不運を描いた歌劇の舞台として、後年、特に有名になる町だ。だが、一隊は、町のそこここにある目も綾な芸術品を鑑賞することもなくマントヴァを通り過ぎる予定である。芸術品ならヴェローナにはもっとふんだんにある、ヴェローナは、このまま天気が崩れる心配はないと見た大公の一行が向かう先であり、ウィリアム・シェイクスピアが、至高にして憐れむべき悲劇、ロメオとジュリエットの舞台として選んだ町であるが、そこに急ぐのは赤の他人の恋愛沙汰にマクシミリアン二世が興味を持っていたからではなく、ヴェローナが、パドヴァを除けば、ヴェネツィアに着く前の最後の大事な投宿所となるからである、ヴェネツィアを出発すれば、そこから先はアルプス、寒い北に向かってひたすら長い上り坂だ。どうやら、大公夫妻はすでにドージェ［七〜十八世紀までのヴェネツィア、ジェノヴァ両共和国の首長］が統べるこの美しい町を訪ねたことがあるようだ、美しくはあるが、スレイマンの四トンもの体躯がやすやすと収まる場所ではなかった、マスコットのように象を連れ歩くつもりだったのかもしれないが、そうはいかなかった。象はゴンドラに乗せられるような動物ではない、当時すでにゴンドラがあればの話だが、いずれにせよ、葬儀用のように黒く塗られ、つんと上向きの舳先を持つ、唯一無二のあの形状ではなかっただろうし、ましてや船尾で歌うゴンドラ乗りはいなかったはずだ。結局、大公夫妻は大運河《カナル・グランデ》を通ってドージェに迎えられることになり、一方で、スレイマンも、胸甲騎兵たちも、その他の随行者たちも、聖アントニオ大聖堂があるパドヴァに残ることになったのであるが、この際ここではっきりさせておこう、聖アントニオはリスボンのもの［聖アントニオはリスボンの守護聖人として市民に親しまれているが、パドヴァの守護聖人でもある］であり、木もろくに生えていなければ、大した草木もないパドヴァなぞのものではない。神の英知がその反対を望まぬ限りは、あるべきものをあるべき場所に置くことが、世界平和への最良の道なのである。

それは翌朝早くのことだった、兵士たちが起きたかどうかという時分に聖アントニオ大聖堂からの遣いが姿を現した。象の世話係と話をするために大聖堂の高位聖職者に遣わされて来た、と、一字一句違わずというわけではないが、そのようなことをその神父は言った。背丈が三メートルもある象の姿は遠くからでも見えるし、天空をも満たすほどのあの巨躯も見える、それでも、象のところに連れていってほしい、と言う。そこで一人の兵士が神父を連れ、マントにくるまってまだ眠っている象遣いを揺すり、神父さんが来ているぞ、と声をかけた。兵士はスペイン語でこれを言うことにしたのだが、それももっともなこと、象遣いがこれまでに習い覚えたドイツ語では、そんな複雑な文章は理解できなかったに違いない。神父がなんの用だ、とフリッツは言いかけて口を閉じた、言葉の行き違いのせいで、とんでもない所に連れていかれるはめになっては困ると思ったのだ。そこで、フリッツは起き上がり、少し離れた場所で待っていた神父のもとに出向いた。神父さま、ご用ですか、と訊ねると、そのとおりだ、息子よ、と、このたった二言にあらん限りの温かみを込めて、神父は答えた。ご用はなんでしょうか。お前はキリスト教徒であるか、と、やはりまずは訊かれた象遣いは、洗礼は受けましたが、わたしの肌の色と容貌をご覧になれば、ここの人間ではないことはおわかりでしょう、と答えた。うむ、お前はインドの者であろう、しかし、だからと言って、善きキリスト教徒でないとは言えない。自分のことはなんとも言えません、自分の口で自らを誉めるのは恥と心得ています。一つ、頼みがあって参ったのだが、その前に、お前の象は訓練されているかを訊ねたい。訓練とは、何を訓練と言うのですか、サーカスの曲芸をいくつもこなすようなことはできません、ですが、立派な象としては振る舞います。膝をつくことはできるだろうか、片膝だけでもよいのだが。それは試したことがありません、神父さま、ですが、寝転びたいときには自分から膝をついているのを見たことはあります、とはいえ、命じられてできるかどうかはわかりません。試してくれないか。今はタイミングがよくありません、神父さま、スレイマンは朝は機嫌が悪いことが多いのです。なんなら、また後で戻って来よう、急がないと命に関わるということでもない、だが大聖堂としては今日のうちにそれが起こってくれると都合がよいのではあるが。今日のうちに、何が起こるとよいのですか、失礼でなければお訊ねしてもよいですか。奇跡だ、と神父は両の手の平を合わせながら言った。奇跡ですって、象遣いの頭の中がぐるぐると回りはじめた。もしも象が大聖堂の前で膝をつけば、それはもう立派な奇跡に見える、われらの時代の大きな奇跡の一つとなろう、と神父はまた手を合わせた。奇跡が何かはまったくわかりません、わたしが生まれた土地では、世界が創造されて以降、奇跡は起きていないのです、わたしが思うに、世界のすべてが創造された、それが総じて一つの奇跡であり、それで奇跡は終わったのではないでしょうか。さては、お前はキリスト教徒ではないな。それを決めるのは神父さまです、洗礼は受けていますが、その下に何があるのかはこれからはっきりするのでしょう。その下には、何があるのだ。たとえば、ガネーシャです、象の神です、あそこで耳をぱたぱたやっているあれです、神父さまは今にも、象のスレイマンが神だとなぜわたしが知っているのかとお訊ねになることでしょうから、お答えしておきましょう、象の神がいると言われているのですから、いるとして、スレイマンであっても、ほかの象であってもおかしくないでしょう。お前には頼みがあることだし、その冒瀆は見逃しておこう、だがこれがすべて終わったあかつきには、告解をせねばならぬぞ。それで、お望みはなんでしょう。象を大聖堂の前に連れてきて、跪かせるのだ。できるかどうかわかりません。試してみよ。神父さま、ご想像ください、象をそこに連れていったとして、もし跪くのをいやがったらどうします、こういうことにわたしは詳しくはありませんが、奇跡は、起きないよりも、失敗するほうが困るのではありませんか。証人がおれば失敗にはならない。証人とは。まず、大聖堂の教団全員、さらに教会の入り口に集められるだけ集めた信者、そして大衆だ、彼らは、われわれが知るかぎり、見ていないものを見たと誓い、知らないものを事実であると誓うであろう。つまりそれは、まったく事実ではない奇跡を信じるということも含むのですか、と象遣いが聞くと、神父は答えた、そこにこそ味わい深さがあるのだよ、準備するのは骨が折れる、だが、その骨折りはたいてい報われ、我らが聖人たちの義務も軽くなるというものだ。神の義務は。神に奇跡をせがむことはしない、序列は尊重せねば、どうしてもというときには聖母のもとに駆け込むのだ、聖母もまた奇跡の作り手であられるからな。それでは、そちらのカトリック教会は、ずいぶんと自分勝手ではないかと、わたしには思えます。そうかもしれん、しかし腹を割って話そう、実は、われわれはまことにその奇跡を必要としておるのだ、それでもほかのものでもよい、とにかく奇跡を。なぜですか。ルターだ、あやつは死んでなお、我らが聖なる教会に大きな打撃を与えているのだ、プロテスタントの説教の効果を薄めるものであれば、なんでも歓迎する、よいか、ヴィッテンベルク城の教会の扉にあのいまわしい論題〔一五一七年、宗教改革者ルターが免罪符の効力についての批判的な見解を、九十五の命題の形で公表した文書〕を貼りだしてからまだ三十年とそこらしか経っていないというのに、プロテスタント主義は洪水のようにヨーロッパ全土に浸透してきている。そんな論題のことは、まったく知りませんでした。知らんでよい、信じていれば、それでよいのだ。神をですか、それとも象を信じるのですか。その両方ともだ。それで、わたしはいくらもらえるのですか。教会にせがむことはできない、教会はただ与えるのみだ。そういうことでしたら、神父さま、まず象と話しませんと、奇跡の手筈はすべて象にかかっているのですから。厚かましい物言いをするな、舌を引き抜かれぬよう注意しておれ。象を大聖堂の入り口まで連れていき、もしも跪かなかったら、どうなりますか。何もない、それがお前のせいでない限りは。もし、わたしのせいだったら。そうとなれば、たっぷりと後悔することになるだろう。象遣いは、これは白旗を挙げたほうが得策と見て、何時に連れていけばよいですか、と訊ねた。正午ぴったり、一分たりとも遅れるな。みなさんの足元で跪かねばならないと、スレイマンの頭に叩きこめるに充分な時間があるかどうか。我らの足元ではない、我らなど取るに足らぬ存在ゆえ、そうではなくて、我らが聖アントニオの足元だ。この敬虔な言葉を言い終えると、神父は自分より高位の聖職者たちに福音をもたらすため戻っていった。見込みはあるのか、と彼らに訊かれた神父は、ありますとも、とはいえすべては象の手の中ですが、と答えた。象に手はなかろう。言葉の綾でございます、ほら、すべては神の御手の中でとも言うとおり。それとは違うが、事実、われらは神の御手にあるな。神の御名を称えよ。まったくだ、しかし話を戻すと、なぜわれわれは象の手の中にいるのだ。大聖堂の入り口まで来た象が何をするかはまったくわからないからです。象遣いが命じることをするだろう、そのために訓練しているのだから。この世で起こることへの神の慈悲深いご理解があると信じましょう、もし、われわれが予測するように、神が奉仕を望まれるのであれば、奇跡に少しばかり御手をお貸しくださるでしょう、なんといっても、これはご自身の栄光のために最適な奇跡なのですから。兄弟たちよ、信仰はすべてを可能にする、そして神は必要なものを与えられるのだ。アーメン、一斉に唱和しながら、全員が心の内でさらなる祈りを呟いた。

その間にもフリッツは、なんとかして象に何をすべきか理解させようとしていた。膝をついたら、そのまま横たわって眠るという自分の流儀を頑なに通そうとする動物に教えるのは至難の業であった。

だが、少しずつ、何度かぶたれ、数えきれない悪態をつかれ、さらには嘆願もされて、スレイマンの石頭に光がともりはじめた、ああ、つまりは膝をついても、寝転がってはだめなんだな、と。ぼくの運命はお前の手の中にあるんだよ、とフリッツは象の耳元で囁いた、こうしてみると幻想がどう広まっていくのかがよくわかる、口から耳へとまっすぐ伝わることはない、ただ、ぼくらを取り囲む空気の流れに乗って漂うんだ、そして、みんなは風呂みたいにそれにどっぷりと浸かり、そういうものかと知らず知らずに思い込んじゃうんだ。当時、時計はまだ一般的でなく、太陽の高さと、地面に伸びる影の長さで時間を測った。それでフリッツはそろそろ正午になると気づいた、ということは、もう象を大聖堂の入り口まで連れていく時間だ、ここから先は神のみぞ知る、だ。そしてスレイマンの首筋にまたがった、その姿はわれわれもすでに何度も目にしているが、今回のフリッツは手が震え、心臓が波打ち、哀れな象遣いの見習い小僧のようだった。案ずるより産むがやすし。大聖堂の前まで来ると、奇跡を目撃したと、この先末永く証言することになる大勢の証人の目の前で、象は、右耳に軽く触れられただけで両膝をついた、依頼をしてきた神父は片方で充分と言ったのに、片膝ではなく両膝だ、そうして、天主と、地上にてその代理を務める人間たちに敬意を表したのである。スレイマンはその見返りとして聖水をたっぷり振りかけてもらい、上に乗る象遣いもそのおこぼれで身体を濡らし、一部始終を見ていた群衆は一人残らず自分たちも膝をつき、そして、聖なるアントニオさまのミイラは墓の下で歓喜に打ち震えていたのだった。

その日の午後、雄と雌、驚異的奇跡の報せを運ぶ二羽の伝書鳩が羽根を広げて大聖堂からトレントに向かって放たれた。なぜトレントなのか、教皇がいるのはローマではないか、といぶかしむ人もあろう。答えは簡単、トレントでは、一五四五年以来、公会議が開催されているのだ、ここで彼らはルター派とその追随者に対する反撃の色を強めて準備を進めているのである。すでにこの時、聖書聖典と聖伝、原罪、義化、秘跡については教令が発布されていた、と言えば充分であろう。それを念頭に置けば、最も純粋な信仰の支柱である聖アントニオ大聖堂が、トレントの動きについて逐一情報を受けておく必要があったというのも理解できる、なんといってもトレントは目と鼻の先、鳩にとったらまさに鳥の飛行《ア・ヴォルドワゾー》、つまり一直線だと二十レグアも離れていないので、もう何年も前から行ったり来たりを繰り返しているのである。だが、今回のニュースはパドヴァから発せられた、大聖堂の前で象がかしこまって膝をつくなどそうあることではない、要するに、これは、動物の王国にもあまねく福音が広まったという証拠であり、憐れむべきはガリラヤ湖で溺れ死んだ数百頭の豚である、あれはまだ初期の話で経験も浅く、奇跡という機械の歯車にきちんと油が差される前だったのだ。それより、今、問題となっているのは、象を一目見たい、できれば象の体毛の束を買いたいと、野営地に押し掛ける信者たちの長蛇の列である、これは、大聖堂の金庫からいくらか施しがあるだろうと無邪気に期待をしていたフリッツが、その望みはないことに気づいて即座に広げた商売のせいであった。象遣いを責めることはできない、行ないの徳の高さでは彼には及びもしないくせに、たっぷりと聖職禄をもらっている人間がほかにはたんといるのだから。明日になれば、象の体毛は急な腹下しに効果抜群、一日三度煎じて飲めばよし、となっているだろうし、さらには、象の体毛を浸した扁桃油をよくよく頭皮に擦り込めば激しい抜け毛もぴたりと止まる、こちらも同じく一日三度、とも言われていることだろうが、そこまでいくとフリッツにはどうしようもない。彼の帯に結わえた袋は硬貨でずしりと重くなっていた、このままもう一週間ここにいられたならば、フリッツはさぞや金持ちになっていたことだろう。やってきたのはパドヴァの住民だけではなかった、メストレから来た者もいたし、はるばるヴェネツィアから来た者もいた。どうやら、大公夫妻はドージェの宮殿で愉快に過ごしているらしい、今日中にどころか、明日にだってまだこちらには戻ってこないだろうと聞いたフリッツの喜びたるや、ハプスブルク家の人間にこれほどまで感謝する日が来ようとは思ってもみなかったほどだ。インドにいる間に象の体毛を売るということをなぜ思いつかなかったのだろうとフリッツは自問しかけて思い出した、インドには途方もない数の神々や悪魔はいるけれど、純粋なキリスト教の土地であり、文明化されたヨーロッパのように、象の体毛をむやみに買い求めたり、売り手の嘘八百をまるまる信じたりする人間はいなかったな、と。自分の夢を自分で買わないといけないなんて、絶望するよりもなお悪いに違いないな。結局、いわば兵舎の壁新聞で予告されていたようなものなのに、大公は翌日の午後に戻ってきて、できるだけ早く出立すると告げた。例の奇跡の話はドージェの宮殿にも届いていたが、その内容はだいぶ支離滅裂だった、それもそのはず、その場にいたのかどうかもわからない証人によるあやふやな目撃談から、ただ人から聞いただけの話まで、嘘かまことか、本当か夢か、あいまいな事実が続々と伝播したのである、よくあることだが、話を一つする者は、必ず句点を足したり、時には読点を足したりするものだ。大公は執事を呼んで事の次第を説明させた、奇跡そのものの委細ではなく、なぜそういう流れになったかを聞かせよと命じた。この件について執事は詳細を知らなかったので、象遣いのフリッツを呼ぶこととなった、この男であれば、その職務から、もう少し中身のある話ができることでしょう。大公はずばりと核心をついてきた、余が留守にしている間に、ここで奇跡が起きたそうだな。はい、大公殿下。スレイマンがそれを起こしたとな。その通りでございます。つまり、象が自らの意思で大聖堂の前に赴き、跪いたと言うのだな。そういうことではありません、大公殿下。では、どういうことだ。わたしがスレイマンを連れていきました。そうであろうとは思っていたが、それを訊ねているのではない、知りたいのは、どの頭がこれをひねり出したかということだ。わたしです、ただ、命令通りに跪くよう、象に教えたのです。それで、お前自身は、だれからそれを命じられたのだ。殿下、それは話してはならないと言われました。だれかに禁じられたのか。はっきりと禁じられたわけではありませんが、ここまで申し上げればおわかりかと。わからぬと言ったら。殿下、お赦しください。答えねば、後悔で苦い思いを噛みしめることになるぞ。大聖堂の神父です。詳しく話せ。奇跡が必要だと、そしてその奇跡はスレイマンが起こせると言われました。して、お前はなんと答えた。スレイマンは奇跡を起こすのに慣れておりませんので、失敗するかもしれません、と。で、神父はなんと。従わねば、後悔することになると脅されました、先ほどの殿下のお言葉と同じような感じです。その後、どうなった。午前いっぱい、わたしの合図で跪くよう、スレイマンに教えました、これがなかなか大変でしたが、最後には教えこむことができました。お前はよい象遣いだな。もったいないお言葉です。一つ忠告しておこう。はい、殿下。今の話は口外無用だ。お言葉の通りにいたします。さすれば、後悔することもなかろう。承知いたしました、ご忠告を忘れないようにいたします。もう下がってよい、だが、これから行く先々の教会の入り口で跪いて奇跡を起こそうなどという下らぬ考えをスレイマンの頭から消し去っておけ、奇跡を一つ起こせばさらに求められるぞ、たとえば、切られた脚の代わりに新しいのを生やせ、などとな、そんな驚異の出来事が戦場でいったいいくつ必要になってくると思う。承知しました、殿下。下がれ。一人になって、喋りすぎた、言葉が過ぎたかもしれぬと大公は思いはじめていた、もし象遣いが口を滑らすようなことがあれば、ルター派の改革運動と、すでに進んでいる公会議の反発との間で微妙な政治的均衡を保つべく細心の注意を払ってきたのに、それが水の泡となりかねない。実際に、結局、この時からそう遠くない先、フランスのアンリ四世は、パリはミサに値する［新教徒だったアンリ四世がフランス統一のためカトリックに改宗した際に述べたとされる］、と言うことになった。

それでも、刺すような憂いの陰がマクシミリアンのほっそりとした顔に浮かんでいた、それは、若き日の理想を自ら裏切ったという念より疼くものは、人生にはないからだろう。こぼれたミルクを悔やんで泣く年でもあるまい、と大公は自らに言い聞かせた、カトリック教会の張りすぎた乳房が目の前に差し出され、いつも通り、首尾よく搾ってくれる手を待っている、それに、ここまでの事実が、この大公には外交という乳しぼりの才があることを示していた、ただし、その信仰の駆け引きの結果が、いずれ自分たちに有利になるだろうとカトリック教会が見込んでいる限り、ということだが。それにしても、あの象のいかさまの奇跡はいくらなんでも度を超している。大聖堂の連中は頭がおかしくなったのか、いずれにせよ、壊れた水差しの破片から新しいのを作り、パドヴァにいながら空を飛んでリスボンの処刑台にいた父親を救ったという聖人［いずれも聖アントニオにまつわる奇跡の逸話］を戴く輩だ、奇跡のまねごとに象を貸してくれと象遣いに頼むくらいのことはするだろう、ああ、ルターよ、ルター、あなたはまったく正しかった。こうして憂さを吐き出してから、大公は執事を呼びに行かせ、翌朝の出立の準備を整えること、このまままっすぐトレントに向かうこと、致し方ない場合、もう一晩は野営をするつもりでいるよう皆に伝えるようにと命じた。執事は、これまでの経験から、速度に関してスレイマンに期待はできないので、おそらく野営することになるでしょうと答え、あの象は長距離走者のようなものです、と締めくくる前に言い添えた、あの象遣いは民衆の信心を利用して、なんの効用もない象の毛を薬になると言って売りさばいております。余からの伝言として、すぐに商売をやめぬと一生後悔するはめになると伝えておけ、しかもその一生も長くはないぞ、と。すぐさま殿下がお命じの通りにいたします、この象の毛の商売は、隊全体、特に胸甲騎兵たちの間でモラルの低下を招いておりますので。この件は始末をつけておけ、スレイマンと奇跡の話が旅の間ついて回るのは避けられぬだろう、だが、ハプスブルク家は象遣いのペテンをだしにして金儲けをしている、しかも合法的で正規の商売のごとくご丁寧に税までかけて、などという悪評を立たせるわけにはいかぬ。急いで本件は決着をつけます、あの象遣いは色を失うことでしょう、ウィーンまで象を連れていくのにあの男がどうしても必要だというのはまことに癪ですが、今回のことはよい教訓となるはずです。行け、だれかが火傷をする前に火を消しておけ。これはあんまりだ、フリッツにはここまで厳しく糾弾される謂れはないはずだ。罪人が咎められ罰せられるのは当然としても、真に公平であろうとすれば、情状酌量も必要なはずだ、そもそも、いかさまの奇跡を思いついたのは象遣いではなく、聖アントニオ大聖堂の神父たちである、彼はその策略に巻き込まれたのであって、そんなことがなければ、偽の奇跡のおこぼれに預かって自分の懐を温めようなどとは思いつきもしなかったはずだ。大公殿下も執事殿も胸に手を当ててみれば大なり小なり心やましいことはあるはず、この世にあって罪と無縁の者などいないのだし、ましてこの両人はその他大勢よりも思い当たることが多くあるはずだ、あの有名なおが屑と丸太［新約聖書マタイによる福音書七章］のたとえ話を今ここに当てはめてみれば、兄弟の目にあるおが屑は見えるのに、なぜ自分の目の中の象の毛に気づかないのか、ということだ。いずれにせよ、この奇跡は人の記憶に長く残らず、次の世代に語り継がれることもなかった。大公の懸念に反して、いかさまの奇跡の噂はその後の旅について回ることもなく、やがて忘れられた。隊員たちは、貴族であれ平民であれ、軍人であれ文民であれ、そんなことよりも気掛かりがあった、トレント方面でアルプスの石塀の手前の山並みの上に雲が積み重なりはじめて雨が降り出している、これは激しい雹となるか、少なくとも雪に変わるのは必至だろう、そして道はつるつる滑る氷に覆われるだろう。その時になってようやく、一隊のだれかも気づくことだろう、哀れな象は、教会の会計帳簿の荒唐無稽な事項の一つを記載するのに何も知らぬまま加担したにすぎず、象遣いは、たまたま生きることになった腐敗した時代の取るに足らぬ産物にすぎないのだ、と。さらば、世界よ、悪化するばかりの世界よ。

　大公が言葉にして希望を伝えたのにもかかわらず、パドヴァからトレントまで一気に移動することはできなかった。スレイマンはできる限りの努力をした、象遣いは、滑り出しは上々だったのに散々な失敗に終わった商売の八つ当たりをするかのように象を急がせたが、象にも、たとえ四トンもの大きさがあっても、体力の限界はあるのだ。象を長距離選手にたとえた執事はうまいことを言ったものである。そして、それでよかったのだ。おかげで、トレントに着いたのは、日が落ちて薄暗く、夜も間近の時間ではなく、日が高くて人々が外に出ている時間だったので、みんなに拍手で迎えてもらえたからだ。空は相変わらず曇っており、あちらの地平線からこちらの地平線まで雲が貼りついているように見えたが、それでも雨にはならなかった。隊の気象学者たちは、というか、隊員のほぼ全員が気象学には一家言あるのだが、みんなが口をそろえて、こいつは雪になる、しかも大雪だ、と言った。トレントに到着した一隊を、聖ヴィルジリオ大聖堂前の広場で待ち受けているものがあった。幾何学形の広場の中央には、現物の半分くらいの大きさの象の人形が鎮座していたのだ、人形というよりは、いかにも慌てて板を組み立てたという風情の造営物で、象の正確な生体構造への配慮には欠けるものの、弓なりに挙げた鼻はあるし、象牙らしき数本の歯も白い一筆書きで描いてある、これはスレイマンに違いない、というか、それ以外であるはずがない、というのも同じゾウ科の動物がこのトレントにほかに来る予定もなければ、少なくとも、近い過去に来たという記録もないのだから。この象らしき物体を目にした大公は震え上がった。一番恐れていたことが現実になったのだ、あの奇跡の噂はここまで届き、この城下町の教会の権力者どもが、自分のところの城壁内で公会議が行なわれているのをよいことに、物質の面でも魂の面でもうまい汁を吸ってきているくせに、パドヴァと聖アントニオ大聖堂の聖性とやらの分け前にトレントもありつこうじゃないかと企んで、枢機卿や司教や神学者どもが数年前から集合しているこの大聖堂の前に、奇跡の動物の人形を急ごしらえで造ったのだろう。よくよく見れば胴の部分に大きな穴がいくつか開いていて、それが揚戸のようだと思った大公は、すぐさまあの有名なトロイの木馬を思い出した、とはいえ、目の前の象の腹にはリリパット［一七二六年に出版された『ガリヴァー旅行記』（スウィフト著）に出てくる小人の国］の軍でない限り、歩兵分隊の一個隊も入らないだろう、しかし、この時にはリリパットなんて言葉すら存在していないのだから、それもありえない。心配になった大公は、執事に命じて、あそこの気味の悪いあれは何か、雑な造りの、見るだけでおぞましい物体はなんなのかを調べに行かせた。執事は出て行くと、話を聞いて戻ってきた。なんてことはない、象は、オーストリア大公マクシミリアンがトレントの街を通ることを祝して造られたものだった。さらには、今晩、暗くなってから点灯される花火の土台にもなるらしい。大公は安堵で吐息した、あの偽の象に配慮は無用ということだ、花火の後はきっと、火の粉が木材に飛び散って灰の山と化すことだろうが、その前にフィナーレとして盛大に燃え上がり、見物人たちは、これがもっと後の時代であれば、ワーグナーを思い起こしたことだろう。その通りに事が運んだ。さまざまな色の大爆発、ナトリウムの黄色、カルシウムの赤、銅の緑、カリウムの青、マグネシウムの白、鉄の金色が、星、噴水、ゆっくりと燃える蠟燭、光の小さな滝などになって象からあふれ出し、無尽蔵の豊穣の角《コルヌコピア》のごとくとなって人々を驚嘆させ、最後には巨大な焚火となったので、トレントの住民の多くが立ったまま手を温めていたが、その時のスレイマンはといえば、寝場所としてわざわざ造ってもらった簡易な小屋の中で、二束目の飼葉を食べ終わるところだった。炎は次第に残り火の山となり、見る見るうちに灰となった。だが、その頃にはもう最大の見世場が終わったということで、大公も大公夫人もすでに寝室に引き上げていた。雪が降りはじめた。

アルプスだ。そう、そこにアルプスはあるのだが、視界が不良でよく見えない。降りしきる雪は加工前の綿花の屑のように軽やかに見えるが、騙されてはいけないと、我らが象は言うだろう、なにしろその背中には氷がまだらに載っているのが見た目にも明らかになってきていて、象遣いも、もしもこんな厳冬は想像も及ばぬ暖かな土地で生まれたのでなければ、とっくにそこは注意していたはずだ。当然、昔のインドでも北部に行けば山もあり、その頂には雪もあるが、スブッロ改めフリッツには、娯楽のために旅をして世界を見るなんて余裕はなかった。唯一、雪を見たのはリスボンで、あれはゴアから到着して数週間後のことだった、ある寒い夜、白い粉末が空から落ちてくるのを見たのだ、ふるいにかけた小麦粉のようなそれは、地面に落ちるや、すぐに溶けてしまった。だが、それと、今、目の前で見渡すかぎりを覆っている圧倒的な白とは比べようもなかった。綿花の屑は、みるみるうちに大きな重たい塊となり、風に押されて象遣いの顔に吹きつけ、平手打ちをくらわせていた。スレイマンの首にまたがりマントにくるまっているフリッツは、寒さはそこまで感じなかったが、こうして絶え間なく風に打たれつづけていると、脅かされているような危険を感じ、不安になった。トレントからボルツァーノなんてノミの一飛びで行けると話に聞いていたというのに、この天候ではそうはいかない、今は、鉤爪を生やした雪が、なんでも動くものは縛り付けて脚を止め、おまけに呼吸の邪魔もして、無分別な者をここから去らせてなるものかと引き留めているようだった。スレイマンは、生まれつき力が強いとはいえ、急勾配の坂道をつらそうにのろのろと歩いていた。スレイマンが何を考えているかは知る由もない、だが、少なくとも、このアルプスでは確信を持って言える、スレイマンは幸せな象ではない。馬に乗った胸甲騎兵たちがこの極寒の山道を可能なかぎり登ったり下りたりして時おり隣を通っていくのは、隊列の状態に目配りしているからである、はぐれたり、道を間違ったりして、この寒さの中で迷えば死者が出る。時おり彼らが通るほかは、この道には象と象遣いしかいないかのようだった。バリャドリードからずっと大公夫妻の馬車の近くを歩くのに慣れていたので、象遣いは前に馬車が見えないのはおかしいと思った、象がどう思っていたのかはなんとも言えない、さっきも言った通り、象の考えは知る由もないからだ。大公夫妻の馬車はすぐそこにいるはずだ、だが、今はその姿はちらとも見えない、飼葉を乗せた荷車も同じく後からついてきているはずなのにその気配もない。象遣いは後ろを振り向いた、荷車を確かめたかったからだが、そっちをたまたま見たおかげで、スレイマンの臀部が氷の層に覆われていることに気づいた。フリッツは冬のスポーツなど何一つやらないが、氷はかなり薄く、すぐに割れそうに見えた、おそらく象の体温のおかげで固くはなっていないのだろう。不幸中の幸いだ、と思った。とにかく、これ以上ひどいことにならないうちに、氷を取ってやらなくては。すべり落ちないように用心しながら、フリッツはそろりそろりと象の背中の上を這っていまいましい氷の板のほうに移動したが、氷は思ったほど薄くもなく、割れやすくもなかった。氷というものはまったく信用ならない、この教訓は決して忘れてはいけない。極寒で凍った海を見ると、思わず水の上を歩けるんじゃないかと錯覚しがちだが、それはまやかしの幻想なのだ、スレイマンが聖アントニオ大聖堂の前でやってみせた奇跡と同じまやかしだ、あっと思ったら氷は割れて、その後どうなるかはだれにもわからない。フリッツが今なんとかしなくてはならないのは、憎たらしい氷を象の皮膚から取り除いてやる道具を手に入れることだ、先が丸くて薄い箆《へら》が一番よいのだが、そんな箆は彼の手元にはなかったし、そもそもそんなものがこの時代に製造されていたかどうかも怪しい。今の象遣いには、何かの比喩でもなんでもなく、本当に自分の爪を使うしかなかった。最大の難所がどこかわかったときにはフリッツの指はすっかりかじかんでいた。太くて固い象の体毛が凍りついているため、少し動くたびにその毛との激闘となってしまう、だいたい、氷を皮膚からはがす箆がないのだから、もつれた体毛を切る鋏なんてあるはずもない。そんな体毛を、一本一本素手で切っていくなんて、体力的にも精神的にもとてもじゃないが不可能だと早々にフリッツは悟った、でないと彼自身が哀れな雪だるまとなってしまう、足りないのは口にくわえるパイプと鼻代わりに差すニンジンくらいだ。幸先は良かったのに生真面目な大公のせいで不発に終わった商売の源であった体毛が、今度は象の健康を危機に陥れるかもしれない原因となっていた。さらに、こんなのは序の口とばかりに、新たな問題が目の前に差し迫ってきた。首筋のいつもの場所から臀部に象遣いが移動したのを感じて調子が狂った象は、方向感覚を失ってどっちに行けばいいかわからなくなったようで、まごつきだした。しかたなく、フリッツは急いでいつもの場所に這い戻って手綱を取った。臀部の氷の板については、これ以上ひどいことにならないよう象の神に祈るとしよう。今ここに、三メートルばかりの高さでうまい具合に地面と平行に枝を伸ばしている木があれば、スレイマン自身が邪魔で危険になりかねない氷の膜を自分で剝がしたことだろう、ただ、身体を幹に木にこすりつけるだけでよいのだ、身体が痒いときには遙か昔からそうするのが象の習いなのだから。雪はいっそう激しさを増していた、そのせいでというわけではないが、道もまた傾斜が険しくなってきた、地べたにくっついているのに飽き飽きした道が、一番低い所でもいいからと天を目指しはじめたかのようだった。そんなことは、暴風に負けないミズナキドリの力強い羽ばたきや、谷を悠々と越えていくイヌワシの羽ばたきをハチドリが夢に見るのと同じことで、目指したところで詮無いのだが。みなそれぞれ、生まれ持った天分があるのだ、と言いつつも、たまに驚くような例外があるということも頭に入れておいたほうがよい、その一例がスレイマンだ、こんなことをするために生まれたわけではなかろうに、力を振り絞ってこのきつい上り坂を乗り越えるしかないのだ、ああして長い鼻を前に突き出して進むその恰好は、どこから見ても進軍する戦士、待ち受けるのは死か栄光かこれ如何に、といった雄姿である。そして、彼らを囲むはただ雪と寂寥ばかりなり。今はただ白一色だが、この下には風光明媚な景観が隠されているのだと、この地方を知る者は言うだろう。だが、今はそんな話をする者はいないし、ましてや、この場のわれわれは口が裂けても言うはずがない。雪は谷を呑みこみ、草木を消し去った、人家はほとんど見えず、煙突から上がる細い煙のみが人の気配を伝えるが、おそらく中にいる人は、雪で入り口をほぼ塞がれて、湿った薪をくべながら、ブランデー入りの樽を首にぶらさげたセントバーナード犬が救助に来てくれるのを待っているのだろう。ふと気づけば、スレイマンは坂を上りきっていた、呼吸も普通にできるようになり、首の上には象遣いを乗せて、臀部には氷を貼りつけながら難儀して歩いていたのが、ようやくゆったりとした歩行に戻ることができた。分厚い雪のカーテンがやや薄くなり、三、四百メートルばかり先までならぼんやりと見えるようになった、見失っていた通常の天候を世界がようやく取り戻すことにしたかのようだった。おそらく、実際にそれが世界の意図だったのかもしれないが、なんらかの異状事態であるのは確かなようだ、さもなければ、ここでピクニックでもしようかとばかりに、人も馬も馬車もみんなが集っているはずがない。スレイマンの脚を急がせると、その一団は自分の連れだということがフリッツにはすぐわかった。これはご明察、と言いたいところだが、オーストリア大公はこの世に一人しかいないのだから当然である。象から降りて、そこにいた男に何が起きたのかを訊ねると、大公殿下の馬車の前輪の車軸が折れたんだ、と答えが返ってきた。そりゃあ大変だ、とフリッツは驚いた。馬車の大工と助手たちが、すでに新しい軸に付け替えているところだ、一時間ばかりでまた出発できるだろうさ。で、それはどこにあったんです。どこにって、何がだ。新しい軸ですよ。お前は象には詳しいかもしれんが、ほかは何も知らんのだな、予備品を持たずにこんな長旅するなんて、そんな危ないことができるものか。それで、大公ご夫妻は、事故でお怪我は。大丈夫だ、馬車が傾いてだいぶ驚かれたみたいだがな。今はどこに。もっと前の、ほかの馬車で待っておられる。もう日が暮れますよ。これだけの大雪だと、何時になってもある程度明るいから、だれも道に迷うことはあるまい、と軍曹が答えた。フリッツが話しかけたのは軍曹だったのだ。その言葉通り、その時ちょうど飼葉を積んだ荷馬車が具合よく到着した、というのも、四トンもの身体でここまで上ってきたスレイマンは、今すぐにエネルギー補給を必要としていたからだ。アーメンと一言呟くだけの時間よりも素早くフリッツはその場で飼葉を二束ほどいてやり、実際に呟いたとすれば、二度目のアーメンの間に、すでにスレイマンはそれを飲み下していた。それからすぐに、しんがりを務めていた胸甲騎兵たちがやってきた、冷え切った身体で何レグアも苦労しながら登って来たために疲労困憊してはいたが、仲間に追いつくことができて、みんな嬉しそうだった。こうして見ると、大公の馬車の事故は、神の意志としか思えなかった。神は歪んだ線をもってまっすぐ書くという民間に伝わる箴言を誉めそやす声は聞こえないが、まさにその通りのことが幾度となく起きているのは事実である。軸の交換が終了し、その強度も確認されると、大公夫妻はまた居心地のよい馬車に落ち着いて、一隊は、ふたたびまとまって出発した、兵士も文民も全員そろったところで、今度は何があっても隊列を崩すことのないよう厳命が下された、さっきは危なくもばらけてしまったのに死人が出なかったのは、ただの幸運にすぎないとわかっていたからだ。一隊がボルツァーノに入ったのは、夜も更けてのことだった。

翌日、一隊は遅くまで寝ていた、大公夫妻はこの土地の貴族の館に宿泊し、その他は小さなボルツァーノの町のそちらこちらに散らばった、この人たちはここ、あの人たちはあそこ、というふうに、胸甲騎兵の馬たちは、なんとかスペースがある馬小屋に、人間たちは個人の家に宿を借りた、というのも野営する気にはとてもじゃないがならないし、一晩中雪かきをする体力は残ってもいなければ、どだい不可能だったからだ。一番大変だったのはスレイマンの寝場所を確保することだった。あちこち探し回ってから、ようやく粗末な差し掛け小屋が見つかった、側面はがらあきで屋根しかなく、星空の下《ア・ラ・ベル・エトワール》で寝るよりはわずかにましな程度のつくりである、それにしても野営を星空の下とはフランス人も詩的な物言いをするものよ、ポルトガル語ではこれを夜露《レレント》と言うのだが、これもまたぴったりこない、夜露などただの夜間の湿気、あるいは露や霧で、このアルプスの大雪と比べたらちゃちなものである、こちらは純白の掛布、あるいは死の床とでも言うべきだろうか。そこには飼葉が三束も置いてある、これはスレイマンも普通の人間と同じように、急に空腹を覚えたり、夜食が食べたくなったりもするだろうから、そのためである。象遣いのほうは、割り当てられた宿泊所がよいところで、ありがたくも床の上に敷布団、さらには毛布もあてがわれ、その上に、まだいくらか湿っているとはいえ自分の外套をかければじゅうぶん温かかった。泊めてくれた家の寝室にはベッドが三台あり、一台は父と母、もう一台は九歳から十四歳くらいの男の子が三人、三台目は七十代とおぼしき祖母と二人の女中が使っていた。寝床を提供する代償としてフリッツがせがまれたのは、ただ象にまつわる話をしてくれということだけだった。お安い御用とばかりに、まずはメイン・ディッシュから手をつけることにして、ガネーシャの誕生から始まって、フリッツからすれば英雄譚となるアルプス登山で締めくくったが、この話はすでに充分書いてきたので省略する。それから、妻の鼾を背に父親がベッドの上から話してくれた、たいそう昔から伝わっている話で、伝説のようなものですが、かの有名なカルタゴのハンニバル将軍の軍隊がピレネーを越えてやって来て、アルプスのこの辺りをアフリカ象を引き連れて通り、ローマ軍をさんざんな目にあわせたそうですよ、ただ、最近では、それは大きな耳と巨体を持つアフリカ象ではなくて、馬くらいの大きさの丸耳象だったとも言いますがね。そして、こうも付け足した、そりゃあ当時も雪は深かったはずです、その時代には道すらありませんでした。ローマ人のことはあまりお好きじゃないようですね、とフリッツは言った。実を言うと、ここの人間はイタリア人というよりオーストリア人なんですよ、ドイツ語だとこの町はボーツェンというんです。ボルツァーノのほうがぼくには耳ざわりがいいですけれど、と象遣いは言った、耳になじみます。それはきっと、ポルトガルから来なさったからでしょう。ポルトガルから来たからといって、ポルトガル人だとは限りませんよ。そうですか、ではお里はどこだか、訊ねてもよいですか。生まれはインドです、ぼくは象遣いなんです。象遣い。はい、象遣いとは、象を操る人間のことです。ということは、カルタゴの将軍の軍隊にも象遣いはいたんでしょうね。引率する人がいなければ象はどこにも連れていけません。象は戦に連れていかれたんです。人間の戦ですね。そもそも人間のほかに戦をする者はありませんからね。この男、哲学者であった。

日もだいぶ高くなり、ゆっくり休み、腹もそこそこ満たされたフリッツは宿の主に礼を言うと、面倒を見るべき象がちゃんといるかを見に行った。フリッツは夢を見たのだ、夢でのスレイマンは雪酔いでもしたにちがいない、夜更けにボルツァーノをぬけ出してそこらの山や谷を自由に駆けまわっていたのだが、そんなことをした者があるか文献を調べたところで、見つかるのはハンニバルのアルプス越えの大惨事［紀元前二一八年、冬の急峻な峠越えの最中に敵の襲撃を受けたカルタゴ軍の多くの荷役動物が崖から落下して死んだ］くらいで、あとはスキー愛好家が脚や腕を折ったという近年の無味乾燥な記録くらいだ。昔々は、山の高所から落ちたが最後、千キロ下まで転がり続け、谷底に着くころには肋骨も脛肉も頭蓋骨も一緒くたになって、先客の不運な冒険家たちの上に合流するしかなかったのだ。広場には大勢の胸甲騎兵たちがすでに集まっていて、馬に乗っている者もいればそうでない者もおり、まだ来ていない者たちはこちらに向かっているところだった。雪は降っていたが、弱かった。必要性よりも好奇心から、象遣いはいつものごとく何か報せはあるかと軍曹に聞きにいった。軍曹は、朝の挨拶もそこそこに、いいことを教えてやろうと言った、今日はこれから、ブレッサノーネ、われわれはドイツ語でブリクセンと呼ぶが、そこに向かう、今回の旅は短い、十レグアにもならんだろう。それからもったいぶった間を置いて軍曹は言い添えた、ブリクセンに着けば、数日休みをもらえそうだ、みんなが一番ほしがっているものだな。ぼくに言わせれば、スレイマンは前に一歩を出すのも苦労しているくらいだ、この気候が合わないんだ、ぼくだってあんなところにいたら肺炎を起こしてしまう、そうしたらこの貧乏人の骨を大公殿下はどうなさるかな。なんだって何かにはなるもんさ、と軍曹は言った、今までのところ、まあまあうまくやってきているんだし。フリッツもそれには同意するほかなかった。それから象のところに行った。象は小屋にいた、一見落ち着いている様子だったが、本当は夜中にボルツァーノを出て、雪の中に遊びに出たのじゃないか、もしかしたら万年雪があるという高い頂上まで行ってきたのかもしれないとフリッツが感じたのは、あの奇妙な夢のせいだろう。置いておいてやった飼葉は残らずなくなっていて、藁の一本すら残っていなかった、ということは、少なくとも、象が幼児のように腹が空いたと駄々をこねることはなさそうだ、とはいえ、あまり知られたことではないが、象というものは、身体は大きいが知性はまだまだ未完成の別種の幼児のようなものである。事実、象の考えはわれわれには知ることはできないが、それを言えば幼児の考えだってわからない、幼児は言いたいことだけはこちらに言うが、その言葉は、だいたいがあまり信用できない。フリッツが上に乗せろと合図をすると、象は慌てた様子で、まるで何か悪戯のお目こぼしを願っているかのように、踏み台として自分の牙をいそいそと差し出すと、そのまま抱きかかえるようにして鼻をフリッツの腰に巻きつけた。そして、素早く一度で彼を自分の首の上に上げ、よい具合にまたがらせてやった。後ろを見ても臀部には氷の欠片すらなかったのが、フリッツには意外だった。きっと、象遣いには解明できない謎があるのだろう。あるいは、象は、とりわけこの象は、自分で調整できる体温機能を備えており、それなりに厚い氷の層も精神統一によって溶かすことができるのか、それとも、急いで山を登ったり下りたりしたせいで、あれほどフリッツが難儀したもじゃもじゃの体毛から氷がはがれ落ちたのだろうか。自然の中には、一見して解明不能とわかる謎がある、そしてそれはそのままにしておくのが賢明というもの、生半可な知識で立ち向かっても、吉より凶と出るほうが多いからだ。たとえば、一見すると普通の林檎にしか見えない楽園の林檎を食べたアダムの身にどういうことが降りかかったか、ちょっと考えてみればよい。果物そのものは、神が創りたもうた美味なる果実だったかもしれないし、あれは林檎ではない、西瓜だったのだと言う者もいるが、いずれにせよ、そこにその種を蒔いておいたのは、悪魔である。さらに言えば、その種の色は黒い。

　大公夫妻の馬車は、高貴かつ高名、高雅な乗客を待っていた。フリッツは象を従者の定位置、つまり大公夫妻の馬車の後ろに連れていったが、慎重を期して距離を空けることにした、というのも、こんなペテン師を近づけるなと怒り出されてはかなわないからだ、猫をウサギと偽って売る古典的な詐欺とまでいかずとも、勇敢なる胸甲騎兵の数人が彼の言葉に引っかかり、その禿げ頭にも神話に出てくる哀れなサムソン［旧約聖書の登場人物。その怪力の源が髪の毛にあったのだが、妻のデリラに欺かれて髪の毛を剃られ、悲劇的な最期を迎える］ばりの豊かな毛が生えてくると信じていたのだから。だが、その心配も杞憂に終わった、大公は後ろを振り向くことすらしなかったのだ、明るいうちにブレッサノーネに着きたいのに、すでに出発が遅れていると気をもんでいたのである。大公は簡潔に、同義の三つの言葉を副官に託して隊長に伝えさせた、急速、迅速、敏速、と。とはいえ、激しさを増してきた雪のせいで遅れがちになるのは仕方ない、普段から悪い道はさらに悪くなっていた。さきほど心奮い立つ言葉をくれた軍曹が言っていたように、今日はたったの十レグアだ、だがそれも現在の単位に換算すれば五万メートル、あるいは古代の単位では何百万パッススであって、どう数えようとも距離は同じ、逃げることもできず、また苦労の多い道のりへと身を投じるほかはないこの人間たちも動物たちもまだまだ辛苦をなめることになる、特に頭上に屋根がない者は、と言いたいところだが、それはほとんど全員に等しかった。窓の向こうの雪はなんて美しいのかしら、無邪気にも大公夫人のマリアは夫のマクシミリアンにそう言った、だが、その頃、外を歩く者たちの目は向かい風で開けることもままならず、足元は濡れそぼり、随行する修道女たちの両手両足は地獄の炎で焼かれているようで、こんな懲罰を受けるほどのどんなことをわたくしたちはしたのでしょうと天に向かって訊ねてみたくなっていたにちがいない。松の木が揺れて挨拶をしても、天はそれには応えない、そう書いた詩人がいた。天は人にも応えない、大多数の人間は幼いころから正しく祈りの言葉を唱えているというのに。肝心なのは、神が理解できる言葉を見つけることだ。冷気はだれにも等しく立ちこめると言うが、みながみな同じだけの寒さを肌身に受けるかというと、それは違う。毛皮で裏打ちされた馬車に乗り、懐炉を入れたマントにくるまっている者と、雪風に顔を打たれ、氷まじりのぬかるみに浸って止血帯で締めつけられているかのような足で歩く者とでは、まさに雲泥の差があるのだ。ただ一つの希望は、ブレッサノーネに着けばしばらく休めるという、軍曹がフリッツに伝えた情報がみんなにも春風のように行き渡っていたことである、だがそこで、悲観主義者が一人、また一人と現れ、しまいにはみんなで、忘れちゃならない、この先には危険なイザルコ渓谷が控えているんだぞ、と言い出した、そして、今はまだ口にしていないが、そのもっと先、オーストリアの領地に入ればさらに危険なブレンナー峠を通るのだ。もし、ハンニバル将軍がこの危険地帯を通っていたら、ベニートの長男、ヴィットーリオ・ムッソリーニが制作した映画［カロミ・ガローネ監督の「シピオネ」（一九三七）。ムッソリーニによるエチオピア侵略戦争の正当化を目的としたイタリアの国策映画］で、ザマの戦いのシーンでアフリカ人のシピオネがカルタゴ軍を壊滅に追い込むまで、長々と町の映画館の席に座って観続ける必要もなかったはずだ。この時、かの偉大なハンニバルには象は無益であった。

スレイマンの首にまたがり、絶えず吹きつけてくる雪まじりの強風をまともに顔に受けているフリッツは、考えをよい方向に持っていくのに最適な状況にいるわけではなかった。それでも、もはや言葉のみならず視線すら自分には向けてくれなくなった大公との関係を改善する方法はないかとずっと考えてはいた。バリャドリードでの滑り出しは悪くなかったのだが、スレイマンがローサスに向かう途上で腹の具合を悪くしたせいで、象遣いと大公というかけ離れた社会階層の間に生まれるやもしれなかった高貴な調和に深刻なダメージを与えてしまった。こんなことは、善意にとらえればすぐ忘れてもらえるようなことなのだが、彼、つまりスブッロあるいはフリッツと名乗る男が金に目がくらみ不正かつ不道徳極まりない行為を犯して台無しにしてしまった、未来のオーストリア皇帝としがない象遣いの間に、友愛と敬意らしきものが芽生えかけ、近しい間柄になりかけた魔法のような一瞬があったというのに。人類の歴史とは逸した好機の連続でできていると言う懐疑主義者の言葉はもっともだ。だが、幸いにしてわれわれには汲めども尽きぬ想像力の泉がある、そうして不足を補い、手を尽くして欠落を埋め、出口が見当たらないどころか、見つかることもないであろう袋小路に入りこめば壁を破って道を作り、扉が閉じていれば、錠があろうとなかろうと鍵を発明してきたのである。これが、まさに今のフリッツがやっていることだ、スレイマンはといえば、苦しそうに重たい足を持ち上げている、一、二、一、二、そうして降り積もる雪に、もとは純水だったのに陰険にも滑りやすい氷に姿を変えた雪に、道を作っている。過酷な状況下のフリッツは、こうとなれば、一つ英雄的な行為でもすれば大公の好意を取り戻すことができるかなと考えている、だが、いくら考えても、大公の視線を一瞬でもとらえられるような魅力的な偉業は思いつかなかった。そこで、一度折れてしまった大公の馬車の車軸がまた折れたら、と想像してみた。馬車が突然傾いて扉が大きく開き、大公妃はなすすべもなく雪の中に放り出され、幾重にも重ね履きしたスカートで緩い坂道を谷底まで滑り落ちてしまったら、と。今こそ、象遣いフリッツの出番だ。象を操作するときに使う棒でスレイマンを力強く突いて谷の淵に連れていくと、確実で安全な足取りで坂道を降りて、まだ半ば茫然としているカルロス五世の息女がいる谷底まで行くのだ。われこそはと数名の胸甲騎兵が同じく救助に向かおうとするのを大公が止めて言う、待て、あれがどうするか見てみたい。その大公の言葉も終わらぬうちに、象は大公妃を鼻で持ち上げ象遣いの両脚の間に乗せた、二人の身体は密着し、こういう場合でなければ重大な醜聞となっただろう。大公妃がポルトガルの王妃であったなら、間違いなく告解したはずだ。谷の上では、胸甲騎兵たちもほかの従者たちもこの救出劇にやんやの大喝采、その間にも、自分の偉業を自覚しているかのような象は、再度気を引き締めてしっかりとした足取りで坂を上っている。上までたどり着くと、大公は我が腕に妻を抱き留め、目の前の象遣いを見上げてカスティリャ語でこう言うのだ、ムイ・ビエン《よくやった》、フリッツ、グラシアス《礼を言う》。フリッツの心は、幸福でその場で弾けてしまうことだろう、実際にはそんな現象は、形もない純な魂であればなおさら起きるはずもないが、この一連の出来事はフリッツの不埒な想像による不品行な産物であるので、この表現もお赦しいただこう。現実のフリッツの、象の上で肩を丸め、降りしきる雪に隠れて姿が消えかけている様は、敗者に転じた征服者のようで、カンピドリオの丘［イタリアの首都ローマにある丘。古代ローマの宗教上の中心地で、現在もローマ市庁舎が位置する］とタルペイーアの岩［カンピドリオの丘の南端の急峻な崖。ローマ時代、ここから突き落とされる処刑が最も不名誉な処罰とされた］がすぐ隣り合わせにあることを思わせる、片や月桂樹の冠で人に栄誉を授ける場所であり、片や栄光も名誉も奪われた人が突き落とされて哀れな骨を崖の下に埋める場所だ。馬車の車軸は折れなかった、大公妃は夫の肩に頭を預けて、象が自分を救ってくれたことも、ポルトガルからやってきた象遣いが神の摂理の道具としてもたらされたことも知らず、すやすやと眠っていた。さんざん悪く言われてばかりの世界だが、フランス風に言えば、それでもなんとか《タン・ビヤン・ク・マル》機能する術を人は日常の中で学んでいるのだ、事実、なかなかよいことが思うようには起きない現実で、日々のバランスを保つのに一役買ってくれるのが自由な想像力なのである。確かに象遣いは大公妃を救わなかった、だが、そのように想像したからには、何かあれば救ったはずであり、重要なのはそこである。相変わらず一人ぼっちで、噛みつくような寒さの中に無慈悲にも戻ってきたフリッツは、だが、リスボンにいる間に宿命論をものにする時間があったので、もしも、いずれ大公は自分と和解すると天命の板で予言されているのであれば、否が応でもその時は来るだろうと思った。この確信で気持ちが落ち着いたフリッツは、前を行く大公夫妻の馬車は雪で見えなくなっていたので、スレイマンの足並みに身を任せながらふたたびこの雪景色の中で一人になった。周囲はよく見えないが足をどこに置けばよいのかはわかる、だが、その足が自分をどこに連れていくのかはわからなかった。そうこうするうちに、周りの景色は変化していた、初めのうちはほとんど波線を描くような穏やかさだった山々は、今や猛々しく、この世が終焉する準備を開始して幾何級数的な分裂をしたのかという様相になっていた。二十レグアの差で、まるで丘のようだった丸い山の支脈が変化し、荒々しい岩塊による暴動の末にぱっくりと割れて山峡ができたり、山の頂が天まで届きそうなほどにせりあがったりしたかのようだ、そしてその頂からは時おり雪崩が激しく流れ落ちて、新たな景色を拓いたり、未来のスキー愛好家のための滑走路を作ったりする。オーストリア人が頑としてアイザックと呼ぶイザルコ渓谷にどうやら近づいているようだ。渓谷まではまだあと少なくとも一時間は歩かねばならないが、幸いにも厚い雪のカーテンがやや薄れたために、ほんの一瞬、山に垂直に入った大きな裂け目が遠くに見えた。イザルコか、と象遣いは言った。これがそうか。一つ、理解に苦しむのが、マクシミリアン大公がなぜ一年のこの時季にオーストリア帰還の旅を決行することにしたのかということだ、だが、これは揺るぎない史実として記録されており、歴史家たちも検証し、それはこの作家も確認しているのだが、作家のほうにはある程度の自由をお許し願いたい、というのも、作家には創作する権利があり、物語の神聖なる一貫性を保つためにいくつかの空白を埋める必要もあるのだから。事実、われわれが念頭に置くべきは、歴史に記されているのは選ばれた事実なのだということだけでなく、そこには贔屓もあるということだ、選ばれるのは社会が歴史的と認めるものだけで、その他は無視されるのだが、そこにこそ、事実、事物、情けない現実を真に解明するものがあるかもしれない。本当のところ、小説家、フィクション作家、嘘つきになるのはよいものですよと、私はみなさんに伝えたい。あるいは象遣いになるのもよい、つい突拍子もない夢想にふけりがちなようだが、それが生まれつきの性格なのか、職業のせいなのかはわからない。フリッツにはスレイマンの背に乗って運ばれていく以外の選択肢はなかったわけだが、それでも、もし違う人物が象遣いだったならば、これまで語ってきたものとはまた違う物語となっていたはずだ。今までのところ、フリッツはこの物語の、劇的、喜劇的、どんな場面においても主要な登場人物である、語りに可笑しみがほしいとき、あるいはそのほうが具合がよいと見られるときには、滑稽な役割も自ら甘んじて引き受けてきた、恥を忍び、声を荒らげることもなく、顔色一つ変えない、ウィーンに象を連れていくのは彼以外にできる者はいないのに、そんなことはおくびにも出さないよう慎重にふるまってきた。読者の中には、読みたいのは物語の起伏であって、いかにもキリスト教的なうわべの仲間意識を見せられるのは興ざめだ、象遣いの考察など無用と思う向きもあるだろう、だが、フリッツは、このところうまくいかないことばかりでご覧のとおりすっかりしょげている、そろそろだれかが温かい手をその肩に置いてやる頃合いなのだ、そして、それを今われわれがやったまでだ、肩に手を置いてやったのだ。心がさまよい、夢想の翼に捉えられていれば、ましてや移動に自分の両脚を使っていなければ、人は、どんなに遠くまで歩いたかも忘れてしまうものである。時おりさまよい落ちてくる雪片はあるものの、雪はやんだと言ってもいいだろう。そして今、目の前に延びる細い道が、かの有名なイザルコ渓谷の隘路である。ほぼ垂直にそびえる両側の壁は今にも崩れ落ちてきそうに見える。フリッツの心臓は恐怖に縮み上がり、それまで味わったことのない寒気がその背骨を走った。とてつもない脅威に囲まれる彼はたった一人でいた、全員が離れることなく常に一つとなって動くのが身の安全を守る唯一の手段、これは登山家が互いの身体をロープで繋いでおくのと同じで、必ず固まって動けという大公の絶対的命令は、とっくに効力を失っていた。箴言と呼ぶほどのものでもないが、一つ諺がある、おそらくポルトガルだけでなくインドでもほかのどこでも言われていることだろうが、こうした状況を要約するのにまたとない上品かつ雄弁な言葉である、わたしの言うことを聞け、だがわたしのすることは真似るな、と。まさに大公がこの言葉通りのことをここで行なった、常にみな一つでいるように、と確かに命じたはずなのに、いざその時となると、後続の象と象遣いのことを待つべきはずの大公は彼らを待たなかった、ましてや大公は彼らの所有主、彼らは大公の僕であったというのに、日が暮れて時遅しとなる前にと、馬の腹に拍車を当ててこの危険な渓谷の出口まで超特急で駆けぬけさせたのである。しかし、ちょっと考えてみよう、胸甲騎兵の一隊が渓谷に入ってからそこで立ち止まり、全員が追いつくのを待っていたらどうなるか、まずは大公と大公妃、象のスレイマンと象遣いのフリッツ、飼葉を載せた荷車、そしてようやく、櫃だの長持ちだの衣装箱だのを載せた車を牽く人員たちと大勢の召使たち、これがみんな仲良く一堂に会したその時に、彼らの頭上に山が崩れ落ちたり、これまでにないほど大きな雪崩が起きたりしたら、揃って春が来るまで道の入り口をふさぐことになったかもしれない。利己主義とは、人間にとってもっとも卑しく非難すべき態度とされるが、時と場合によっては理に叶うことでもあるのだ。イザルコ渓谷が仕掛けたネズミ捕りの罠をすりぬけて我と我が身を救うのは旅の供の命をも救うことになる、そうでなければ、この隘路で渋滞が発生し、みんな順々と進むことはできなかったろう。つまりは、自分で自分の面倒を見ておれば、ほかのみんなを助けることになる、ということだ。意外千万ではあるが、道徳とは見かけとは裏腹のこともあり、とてもそうとは見えないものが、深く道徳的であったりもする。この明々白々な論を前にし、さらには百メートルばかり後方で突然雪の塊がどさりと落ちた音に飛び上がり、あれが雪崩というものかどうかなど知りたくもないフリッツは焦って、スレイマンに、歩け、歩け、と命令した。ところが象は、そんな命令は手ぬるいと思ったのだろう、この危険から逃れるには、ただの歩行ではなく速足、いや、むしろ駆足と思ったようだ。スレイマンは急いだ、処刑されかけている父親を救うために四次元を使った聖アントニオもかくやという急ぎっぷりだった。だが、スレイマンは自分の力を過信していたようだ。隘路を抜け出て数メートルのところで息を切らし、前脚がもつれて膝をつきそうになってしまった。だが、象遣いは運が良かった。普段であれば、そのまま哀れな象の頭を勢いよく飛び越えて振り落とされ、その後は神のみぞ知る、となるはずだったが、名高い象の記憶なるものが働いたスレイマンは悪魔祓いをしようとした村の神父の顚末を思い出し、最後の瞬間、すんでのところで速度をゆるめたのである。あわや、命取りの大惨事となるところだった、このときのスレイマンには踏ん張る力がまだわずかながら残っていたおかげで、膝を地面につくのも雪が舞い落ちるがごとくの柔らかさとなった。どうしてこんなことができたのかはわからないし、象に訊ねるわけにもいかない。手品師と同じく、象には象の秘密があるのだ。喋るか黙るか、いずれにするかと問われれば、まず、象は沈黙を選ぶだろう、それで鼻があんなに長くなったのだ、あの鼻は木材を運んだり、象遣いを上に乗せてやったりするためだけでなく、うっかり口を滑らせないための口枷としても立派な役割を果たすのだ。そろそろ、少し頑張って立ち上がる頃合いだということをフリッツはスレイマンに慎重に伝えた。命令はしなかった、さまざまな触れ方で合図を送り、ときに乱暴に意図を伝える棒も使わなかった、ただ、象に理解してもらったのである、相手の感情を尊重することは、互いの関係と愛情を長続きさせて、幸せな人生を送る条件であるが、ここでそれを一つ証明したわけだ。立て、という上からの物言いと、立ってみたら、という婉曲表現の違いである。イエスの言葉遣いがまさに、前者ではなく後者だったという説もある、ナザレのイエスにどれだけ卓越した奇跡の力が備わっていたとしても、結局、ラザロの復活［ラザロとはキリストの友人で、病死した四日後にキリストから墓前で祈り呼びかけられて蘇生したと言われる］は本人の自由意志によるものだったという説がある。ラザロが復活したのは、ただ、柔らかな口調で語りかけられたからだというのだ。そして、そうした方法はここでもやはりよい結果をもたらしている、スレイマンはまず右脚を、それから左脚を立てて、なんとか安全な縦揺れをフリッツに提供した、というのも、彼はそれまで象のうなじの数本の毛になんとかつかまって鼻から滑り落ちないように耐えていたのである。さあ、スレイマンはまた四つ脚でしっかりと立っている、そして飼葉の荷車の到着に気づいて喜びを爆発させている、この荷車は、ここまですでに記してきたとおりの冬山の難局を奮闘の末に乗り越え、隘路の出口へ、さらには大いに腹を空かせたスレイマンのもとへと、威厳ある足取りで歩く二組の牛に牽かれてきたのである。こうして、沈みかけていたスレイマンの魂は偉業の褒美を受け取ることができた、なんといっても、白銀の冷たい雪景色の中で二度と起き上がらないのではと案じられた身体を立ち上げて、自らの命を救ったのである。スレイマンの食卓はその場で整えられた、フリッツと牛飼いが生き残りを祝して牛飼い持参のブランデーで祝杯を挙げる間、スレイマンはいじらしいほどの熱心さで飼葉を次々と飲み下していた。ここに雪に咲く花々と、チロルに舞い戻って甘い歌声を響かせる春の小鳥たちがいれば完ぺきな図となるが、まあ、すべてを望むことはできない。フリッツと牛飼いは、隊のみんなが赤の他人であるかのようにばらばらになってしまうこの問題をどうしたものかと知恵を出し合った。これは二者間の解決法ではあるが、自分とは異なるアプローチで問題に取り組める、要するに、一言で言えば、統合的解決法である。たとえ問題の解決が自分のためだったとしても、頼りになる相手がいるのは心強いものだ。そこから先、牛たちと象は離れることなく旅をした、飼葉の荷車が前、象が後ろ、つまりは藁の匂いにつられて歩くという構図である。この小さな一団の局所分布がいかに論理的かつ合理的でも、二人が熱心に話し合った末に合意に至ったこの良策が大公夫妻には無用であることはだれも否定できまい、なにしろ、夫妻の馬車はどんどん先を行っていて、とっくにブレッサノーネに到着しているのかもしれないのだから。そういうことで、もうここで明かしてしまおう、このあとスレイマンは二週間、骨休めすることになる、宿泊はアム・ホーエン・フェルト、高地、というそのものずばりの名の宿である。まだイタリア領内にいるのにドイツ語の名前がついているのを不思議に思うかもしれないが、ここに投宿するのは大半がオーストリア人かドイツ人であると知れば納得するだろう、人はみな我が家にいると感じたいものなのだ。これと同じで、その後、アルガルヴェ［ポルトガル南部のリゾート地。北ヨーロッパから多くの観光客が訪れる］では、どこぞのだれかが海岸のことをビーチと呼びだした、漁師はみんなフィッシャーマン、そう呼ばれた本人がどう思おうなんてお構いなしだ、そして旅行者用施設はホリデー・ヴィレッジ、フランス語でヴィラージュ・デ・ヴァカンス、あるいはドイツ語でフェーリエンオルテと呼ばれたりする。果ては、洋品店はとっくに消えて、ポルトガルでも外来語でブティックである、必然的に英語ではファッション・ショップだ、そこまでの必然性はないのにフランス語でモード、さらにそのままドイツ語でモーデゲシェフト。靴屋はシューズで、いや、もうここまでにしておこう。もし旅行者がバーやナイトクラブの名前をしらみ潰しに集めながらシネスの海岸［アルガルヴェの中心都市から一八〇キロ余り北にある海岸］まで行ったとしても、ポルトガル語は数えるほどしか見つからないだろう。かようにポルトガルのものが軽視されるアルガルヴェは、北国の文明人が野蛮な地へと南下してくる昨今、ポルトガルにありながら、ほとんど現地の言葉が話されない地域となった。ブレッサノーネとて同じことなのである。

　幸せな家庭には物語がない、と最初に言ったのはトルストイであるが、どうやら幸せな象にも語るべきものはなさそうだ。スレイマンを見るがいい。この二週間休息を取ったブレッサノーネで象が何をしていたか、眠って食べてたらふく飲んで、食べた飼葉は四トン、飲んだ水は三千リットルくらいであろうか、ポルトガルからスペイン、イタリアへの長い旅の間は通常の餌量を確保することもままならずダイエットを強いられたが、今はおかげで体重が元に戻っている。もう、スレイマンは体力を取り戻して堂々とたくましい。フックにだらしなく掛けられた外套のようだった皮膚も、休暇の最初の週が終わる頃には弛《たる》みも皺もなくなっていた。この朗報を受けた大公が象を訪ねてわざわざ畜舎までやってきた、象を広場に連れ出させ、その見事な肉体、堂々たる姿を大公夫妻および見物人たちにお披露目させることもしなかった。当然、大公がやってきたときにはフリッツもその場にいたのだが、大公との和解の日がいつか来るとしても、今はまだその時ではないという自覚はあったので、控えめで慎重な態度を崩さず目立たないようにはしていたが、心中では、ささやかでもよいので一言、大公からの褒め言葉を待っていた。そして、それが叶ったのである。訪問の終わりに、大公はちらりと象遣いを見てこう言ってくれたのだ、フリッツ、褒めてつかわす、スレイマンも満足していることだろう。それに対し、フリッツは、光栄至極にございます、殿下、わたくしめは殿下にお仕えするためにすべてを捧げております、と答えた。大公はそれには返答せず、ただぶっきらぼうに、うむうむと原始的な唸り声を出しただけだった、各自が都合よく解釈できる、ただの音でしかない。だが、生来の性格とその人生哲学から、物事を楽観的にとらえるフリッツにとっては、一見素気なく、未来の皇帝たる大公がその口から出すのはどうかという唸り声でも、切望する和解への一歩、小さいが確実な一歩だったのだ。何があるのかを見届けるのは、ウィーンまで待つとしよう。

　ブレッサノーネからブレンナー峠までの距離は短いので、一隊がばらばらになる時間もないのは確かだ。時間もなければ、距離もない。ということは、先に通ったイザルコ渓谷のときと同じ道徳的ジレンマに相対することとなる、つまり、だれかと一緒に行くのか、離れて行くのかということだ。そそり立つ壁に挟まれ、いつ雪崩が起きるか、岩壁が崩壊するかという危険に曝されながら、先頭の胸甲騎兵たちからしんがりを務める胸甲騎兵たちまで、延々と続く一隊が通って行くことを考えるだけでもぞっとする。ここまできたら、神の手に任せるのがよいだろう、神に決めてもらうことにしよう。われわれはただ、歩いて、歩いて、歩くのだ、そのうち結果もわかるだろう。とはいえ、こっちを心配するがあまり、もう一つの不安を忘れてはいけない。ここを知っている人間に言わせると、ブレンナーはイザルコの十倍、いや、二十倍は危険だということだ、毎年、多数の犠牲者が出ているのである、雪崩に埋まったり、山から転がり落ちてくる岩に潰されたりするらしい、どちらの場合も、最初に落ちてくるものを見ても、それがそこまで不幸な運命を引き連れてくるとは思えないのだそうだ。早いところ、高所同士を繋ぐ高架橋が造られる時代が到来し、この谷底の道を消滅させてほしいものだ、現代ではすでに、こうした道は半ば生き埋め状態となっているが。興味深いのは、こうした道を通らねばならない人たちが、ある種の諦念をもって運命を受け入れているということだ、肉体が恐怖に取りつかれるのは致し方ないこととしても、魂は不可侵で静謐なまま、いかな大嵐でも吹き消せぬ灯なのだ。さまざまな逸話があり、中には怪しいものも確かにあるが、それでも、これが人間なのだ、象の体毛を浸した油が育毛に効くなどと信じることができるのと同じように、胸の内に灯る光が、危険な峠も人生の道も導いてくれると想像することができるのだ。いずれにせよ、とアルプスの賢人はこうも言う、いつかは死ぬんだ、と。

　天気は良くなかった、しかしこれは、すでにいやと言うほど見てきたように、一年のこの時季に珍しいことではない。雪はひどくならず、視界もだいたい通常だろうということは確実だが、吹きつける風は研ぎ澄まされた刃となり、どれほど堅牢な防護服をも切り裂いてしまいそうだった。胸甲騎兵たちがなんと言うか、聞いてみるがよい。隊を駆け巡る噂によれば、この日に出発するのは、翌日には天候が悪化しそうだかららしい、それに、あと数キロ北上すれば、理論上、アルプスの一番の難所が、後方に下がっていくからだということだ。言い方を変えれば、敵の襲撃を待たずこちらから襲撃せよ、ということだ。住民のほとんどがマクシミリアン大公と象の出立の見送りに来ていたが、彼らは思いがけずスレイマンから返礼を受け取ることとなった。大公と大公妃が馬車に乗りこもうとしたその時、スレイマンは両膝を冷たい地面についたのだ。それを見た人々の拍手喝采と万歳の連呼は、記録に値するほどの盛大さだった。大公は口元をほころばせかけたが、すぐに眉をひそめた、フリッツめ、こちらの機嫌取りに新たな奇跡を起こしたのかと邪推したのだ。とんだ濡れ衣である、象が膝をついたのはまったく自らの意志による、ふいに魂が呼び覚まされたとでも言おうか、これは、十五日間のアム・ホーエン・フェルトのもてなしへの彼なりの謝恩だったのかもしれない、まったき幸福の二週間、それゆえ語るべきことのない十五日間を過ごしたことへの謝礼である。そうは言っても、我らが象のスレイマンが、象遣いと大公の冷ややかな関係に心を痛め、昔は結びの神などといったものだが、今は仲介者といわれるものになって一役買おうとした可能性を排除することもないだろう。あるいは、われわれが依怙贔屓をして真実を解く鍵を故意に隠していると思われても困るので、学者ぶって仮説を並べるわけではないが、こういうこともあったかもしれない、つまり、フリッツが、熟慮の末か単なる偶然かは知らないが、スレイマンの右耳に、パドヴァで披露した奇跡を起こす特別な耳に、棒で触れたのかもしれない。すでに周知のことだが、人間の魂をもっとも的確かつ正確に表象するのは、迷路だ。人間の魂をもってすれば、どんなことだってありえるのである。

　出発の支度は整った。隠しおおせない不安と緊張が一隊を覆っている、どの頭も、ブレンナー峠とその危険から離れられないでいるのは明らかだ。そして、この年代記作者には、この先に待ち受けるかの有名な峠越えについては詳述できないと恥も外聞もなくここで告白しよう、先のイザルコ峡谷では足りないところをできるだけごまかしてきた、二次史料をあれこれ調べはしたし、おそらくその中には重要なものもあっただろう、しかし、どれも明らかに決定的ではなかった。十六世紀にまだ写真が発明されていなかったのはいかにも惜しい、写真さえあればいろいろ即座に解決されたはずだ。ここに当時の写真を数枚挿入すればそれで解決、上空のヘリコプターから撮影したものがあればなおよし、読者は詳細な情報を得られるし、編集側の苦心のほどもご理解いただけることだろう。ところで、そろそろブレッサノーネからわずかな距離にある小さな町の名をお伝えしておくとしよう、それは、まだイタリア領内にいるのでイタリア語でヴィピテーノという。オーストリア人とドイツ人はその町をシュテルツィンと呼ぶのだが、その理由はもはやわれわれの理解を超えている。しかしながら、火中に手を入れてしまわぬように気をつけつつ認めざるをえない、この地域ではアルガルヴェで話されるポルトガル語よりも、よほど多くのイタリア語を話すにちがいない。

さあ、われわれはすでにブレッサノーネを後にした。理解しがたいのが、眩暈がしそうな高さの山脈が長大に連なっているこの地に、わざわざイザルコやブレンナーのような深い疵が抉られ据え置かれたことである、ここよりも自然の恵みが乏しい土地にこれらの驚異的で卓越した峡谷を置いてやれば、苦労が多くつつましい生活に耐えている住民たちも、観光産業のおかげで物質的な恩恵を受けただろうに。イザルコ渓谷の描写がいかに大変だったかと正直に暴露したことだし、さてはこんなことを書くのは、今まさに足を踏み入れんとしているブレンナー峠の描出に足りないところがあると前置きをして読み手の気持ちを備えさせようという魂胆だな、と思われるのも無理はないのだが、そうではない。確かに、言葉が足りないというよく使われるこの文言に深い真実があることは、頭を垂れて認めよう。事実、われわれには言葉が足りない。南米、確かアマゾンの先住民が話す言語には、緑色を表わすのに、二十以上、記憶が正しければ二十七の言葉があるという。緑色に関して貧弱な語彙しかないわれわれに比べれば、ほぼ見分けもつかないくらいの微妙な色調の違いも細かく言える緑に囲まれる彼らにとって、自分たちが住む森林を描写するのはさぞかし易しいだろうと思える。しかし、本当にそうなのか、それで充分なのかと訊ねてみた者はいないのだからわからない。今のわれわれにわかるのは、色を示すのに一語しかないというのは、手近な例を取っても、この山々の見渡す限りの圧倒的な白を表わすには足りないということだ、ここには二十以上の色調の白があるかもしれない、われわれはそれを肉眼でとらえることはできないが、その存在を感じることはできる。身も蓋もないことを言えば、実際、風景を言葉で描くのは単に不可能なのだ。可能かもしれないが、試みるまでもないと言うべきか。山という言葉がどういう山を喚起させるのかわからないのに、山と書いて意味があるだろうかと問いたい。絵画は別だ、パレットに自然を模した二十七の色調の緑と、さらには緑には見えない色も作ることができる、そしてそれが芸術と呼ばれるものだ。絵に描かれた木からは葉は落ちないのだから。

　もうわれわれはブレンナー峠にいる。大公の厳命を受けて、みんな押し黙っている。恐怖には人を寄せ集める効果があるのか、これまでと打って変わって一隊はばらけることもなく進む、大公夫妻の馬車を牽く馬の鼻面は前を歩く胸甲騎兵が乗る馬の臀部にくっつきそうなほどだったし、馬車のすぐ近くを歩くスレイマンは、カルロス五世の息女が気分転換のために香水の小瓶を振るたびにその芳香が嗅げるほどだった。牛が牽く飼葉と水樽を積んだ荷車のあとに続くその他の者たちは、目的地に着くためにはほかに仕方ないので歩いている。震えているのは寒さもあるが、主には恐怖のせいだ。起伏の多い高所に積もった雪が崩れて、時々小さな雪崩のように鈍い音とともに落ちてきて、それ自体には大きな危険はないものの、みんなの恐怖を募らせる。この景色を眺めて楽しむ余裕がある呑気者はいないが、このあたりを知っている男は、隣を歩く男に言わずにはいられない、雪がなけりゃ、ここはもっときれいなんだがよ、と。もっときれいって、どんなふうに、と興味を抱いた相手が訊くと、説明はできねえな、と答える。実際、どんなものであれ、現実に対する最大の不敬は、風景を描写しようと無駄な努力を重ねること、自分の言葉でない言葉を使うことだ、まず気をつけるべきは言葉が自分のものであったことはない、自分がいざ使おうと思う言葉はすでに数百万の紙と口で使われ、疲弊している、手から手へと渡るうちに言葉はすっかりくたびれて、中身の枢要な一部をそこに残していってしまうのだ。たとえば、ここで清らかな小川、と書くとする、まさに景観を描写してよく使う言葉だが、はて、その小川は初めて見たときと変わらず今でも清らかなのだろうか、とか、もはや小川ではなくてたっぷりと水を湛える川になっているかもしれない、とか、残念ながら悪臭漂う汚い沼になっているか、などとわざわざ考えてみたりはしないだろう。すぐにはそうとは思えずとも、こうしたことは全部、先ほどの、景色を説明はできないという勇気ある一言と関係しているし、そこからありとあらゆるほかのものにも繋がっていく。これは、ほかの季節のこの土地を知っているらしき信頼のおける人間の口が放つ言葉なのだから、一考に値する。その人が、雪であろうと花咲く庭であろうと、目で見たものは言葉では表せないと、長年の経験に基づいて率直に言っているのだから、ブレンナー峠を一度も通ったことがない人間が何を書けようか、ましてや、高速道路もない、サービスエリアもない、軽食のコロッケも一杯のコーヒーもない、外では嵐が吹き荒れて道に迷った一頭の象が悲し気な咆哮を挙げているのを尻目にぬくぬくと夜を過ごせる宿泊所も当然ながらない十六世紀になど、夢の中ですら行ったことがないのに。われわれは現場にはいないので、手に入る情報だけを頼りにして書いてきたのだが、それらすらどれだけの価値があるかもわかりはしない、たとえば、古い版画が一枚あるが、それは確かにたいそう古く絵もよく描けているという点で価値はある、しかし、それには高い渓谷から転がり落ちていくハンニバル軍の象が描かれているが、カルタゴ軍はアルプス越えに苦労はしても、象は一頭たりとも失わなかったという記述が確かな資料に残っているのだ。こちらでも、だれ一人として失われなかった。一隊は引き続き、しっかりとまとまって動いた、それが先述の通り、自分が大事だからなのだとしても、称賛されて然るべき行為だ。とはいえ、例外もある。胸甲騎兵たちの最大の不安は自分たちの身の安全ではなく、馬たちだった、滑りやすく危険な青灰色の氷の上を歩かざるを得ない馬たちが中足骨を折れば命取りとなる。がちがちのルター派、オーストリアのマクシミリアン二世がいかに苦々しく思ったとしても、スレイマンがパドヴァの聖アントニオ大聖堂でやってのけた奇跡は、まだこの時、一隊を護っていたのである、権力者をも、随行する貧しい者たちをもだ、そして、これぞ、俗世での名をフェルナンド・デ・ブリョンエス［聖アントニオが列聖される前の名前。リスボンに生まれ、パドヴァで死亡した］といったこの聖人が持つ稀少にして至高の奇跡の力の証となろう、この聖人に関しては、リスボンとパドヴァの二都市が数世紀にわたってどちらの守護聖人かと議論しつづけているが、その論点はやや的外れではある、というのも、結局勝利ののぼり旗を挙げたのはパドヴァのほうだったというのはだれの目にも明らかで、リスボンはといえば、パレード、赤ワイン、いわしの炭火焼き、さらには風船とマンジェリコ［バジルの一種。リスボン市民は聖アントニオ祭の際にこれを贈り合う］の鉢で祝って喜んでいる［聖アントニオ祭（六月十二、十三日）はリスボンで最も盛大な祭りで、別名「いわし祭り」と呼ばれるほど、この時季にはいわしの炭火焼きが食される］に過ぎないのだから。フェルナンド・デ・ブリョンエスがどこでどう生まれたのかを知るだけでは足りない、どこでどう死ぬのかまで見届けなくては。

雪は降りやまない、そして、芸のない言い方を許していただければ、身を切る寒さだ。いまいましい氷のせいで、足を一歩進めるのにいちいち細心の注意を払わなければならない、それでも、まだ山を後にしたわけではないが、呼吸は楽になってきた、とてつもなく高いところからぎゅっと押し付けられていたような肺が、奇妙な圧迫感から逃れて自由になったようだ。次の町はイン川沿いのインスブルックである、そして、まだブレッサノーネに滞在中に執事に告げた考えを大公が棄てていなければ、ここからウィーンまでの長い距離のほとんどは船で移動することとなる、つまり、まずはイン川を下ってパッソーまで行き、そこからはダヌビオ川に入る、両方とも広大で、特にオーストリアではドナウと呼ばれるダヌビオ川は広い。おそらくここからは静かな旅を楽しむことができるに違いない、ブレッサノーネに逗留した二週間と同じようなもので、夜会で話のネタになるような滑稽なこともなければ、孫に話して聞かせる幽霊譚もない、そして、だからこそ全員揃って無事にアム・ホーエン・フェルトの宿に到着した時にはまたとない幸運に恵まれたように感じたのである、家族から遠く離れて、さまざまな心配事はとりあえず脇に起き、債権者は短気を抑えて、人に見られては困る手紙が他人の手に渡ることもなく、ようするに、未来は、昔から言われて信じられた通りに、神のみに委ねられているのだ、明日は何があるかわからないのだから、今日という日を生きようではないか。行程の変更は大公の気まぐれによるものではないとはいえ、新たな行程には二か所の訪問が組み込まれたのは事実である、しかしそれは表敬目的のほかに中欧ヨーロッパの政治状況のせいでもあった、まず訪ねたのはヴァッサーブルクのバイエルン公で、その次には、こちらにはより長く逗留したのだが、ミュールドルフでザルツブルグ大司教区を治めていた、同じくバイエルン公のエルンストを訪ねている。ここで道程に話を戻すと、インスブルックからウィーンまでは比較的快適であったのは事実で、アルプスのような峻嶮たる山もなく、水の流れはまっすぐではなくとも、少なくとも向かう先ははっきりしていた。とにかく、川のよいところは、特にこの二つの川のようにたっぷりと水を湛える川であれば、自動通路と同じように立ったままでも移動できることである。一番喜んでいたのはスレイマンだろう、喉が渇けば筏の縁に行って長い鼻を水に突っ込んで吸うだけだったのだから。しかし、インスブルックから少し先にある川沿いのハルという町のフランツ・シュヴァイガーとかいう年代記作家に、マクシミリアンはスペインから見事に帰還し十二パススの身の高さと鼠色をした象を引き連れていた、とこれから書かれることになると知れば、スレイマンもそうそう喜んでもいられなかったろう。われわれがよく知るスレイマンであれば、即座に、単刀直入に、きっぱりと訂正するはずだ、象が鼠色をしているのではなく、鼠が象の色をしているのだ、と。そして、こうも言い添えるにちがいない、今少し、敬意を払っていただきたい。

　スレイマンの歩みに揺られながら、フリッツは眉毛にはりついた雪を払いのけ、この先のウィーンではどうなるだろうと考えていた、象遣いであり続けることに変わりはない、ほかのものになどなれるはずもない、だが、王侯貴族も含めた大勢の歓声の的となった後で忘れられた存在となったリスボン時代のことが記憶に上り、ウィーンでもまた象と一緒に囲いに押し込められ、そのまま朽ちていくのだろうかと思わずにはいられない。ぼくたちにはきっと何かが起こるよ、ソロモン、と呟いた、この旅はただの幕間だよ、象遣いのスブッロがお前の本当の名前をちゃんと取り返してやった、感謝しろよ、良くも悪くもお前にはお前の人生がある、それを生きるためにお前は生まれたんだから、逃げることはできない、でも、ぼくは象遣いになるために生まれたわけじゃない、実際、象遣いになるために生まれる人間なぞいるものか、たとえ生きている間にはほかの扉を開けることは叶わなかったとしてもだ。ようするに、ぼくはお前に寄生しているんだ、お前の肋骨のあたりの固い毛の間でごそごそ迷っているシラミだよ、ぼくはきっとお前ほど長生きはしない、象に比べると人間のほうが短命だもの、それはわかっていることさ、だけど、ぼくがこの世からいなくなったらお前はどうなってしまうんだろう、もちろん新しい象遣いが呼ばれるだろうさ、だれかがスレイマンの面倒を見なくちゃならないもの、もしかしたら大公妃が申し出るかもしれないね、象の世話係の大公妃ですって面白がったりしてね、それとも王子の一人が大きくなって引き受けてくれるかな、どうであれ、友よ、お前の行き先に不安はない、ぼくは違う、ぼくは象遣いで、寄生虫で、おまけなんだもの。

長旅にくたびれ果てた一行がインスブルックに着いたのはカトリック教の暦で言えば東方三博士の日［一月六日］である、一五五二年のことだった。大公が着いた最初のオーストリアの大きな都市では、当然ながら歓迎の祭りが用意されていた。出迎えの喝采は大公のためなのか、象のためなのかははっきりとしないが、未来の皇帝はそんなことに関心はない、彼にとってスレイマンは最高位者の政治の道具なのであり、ちっぽけな嫉妬心で自らの威信を損なうわけにはいかないのだ。ヴァッサーブルクでも、ミュールドルフでも、バイエルン公たちとの謁見は首尾よくいったが、それはこれまでオーストリアには存在したことのないこの動物のおかげもあった、あたかもマクシミリアン二世が何もないところから突然象を取り出して、下位の者から上位の者まで、自分の家来たちを喜ばせてやったかのようだった。この象の旅の最終段階はずっと歓喜の連呼に包まれ、その歓声は町から町へと火薬の導線のように続いていったうえに、通り過ぎた各地の芸術家や詩人が触発されて絵画、版画、記念メダルなどに象を描いたが、その中にはリンツ市役所に詩文の碑を残した著名な人文主義者、カスパル・ブルヒトもいた。リンツといえば、ここで一隊は川旅を終え、残りの道程を歩くために船、小舟、筏をみんな降りたのだが、これを見て、なんで大公は快適な船旅を続けなかったんだろう、リンツまでドナウ川から行けたのなら、そのままウィーンにだって行けるだろうに、と言い出す輩もいるだろう。なんとも世間知らずなことだ、国家、政治、それに特に商業において、よく戦略を練った宣伝がいかに重要かを知らないのか、理解していないのか、どちらかだろう。オーストリア大公マクシミリアンが、もしもウィーンの船着き場で船を降りるという失態を犯したと想定しよう、そう、聞こえたかな、ウィーンの船着き場で、だ。さて、船着き場というのは、それが大きかろうが小さかろうが、川沿いであろうが海沿いであろうが、整理が行き届き、清潔なところなど一つもない、たまたま、普通に整頓されているように見えたとしても、それはカオスが持つ矛盾した一面を見たにすぎないのだと肝に銘じておくがよい、そんなのは珍しくもない、いくらでもあることだ。大公が、象も含めて一行全員を伴ってウィーンで上陸したとしよう、荷箱が積み上がり、あらゆる種類の荷袋、あの包みやらこの包み、そういったものが散乱するゴミの只中にあるのが船着き場である、大勢の人間でもみくちゃにされながら、どうやって大通りに出る道を開け、行列の準備をしろというのだ。三年もウィーンを留守にしていた大公殿下の帰還が台無しになってしまう。だが、そうはならない。ミュールドルフに着いたら、大公は、自分の帰着に合わせて歓迎の催しの準備を始めるよう執事に命じるだろう、なんといっても、自分と妃が到着するのだし、さらには象のスレイマンがいる、ポルトガル、スペイン、イタリア、公平に言って、どこもそこまで未開の国々でもないのに、各地でその姿を目にした人間をことごとく魅了してきたのと同じく、スレイマンはウィーンっ子を夢中にさせるだろう。ウィーン市長に指示を伝える伝書を携えた早馬が出された、伝書には、大公と大公妃のウィーンに対する愛情をウィーン市民はどう受け止めるかを街の通りなどから感じたいものだという大公の気持ちが記してあった。市長は一を聞けば十を知る人間だ。そのほか、隊内の者たちには、インとダヌビオの川下りに乗じて人間も動物も身ぎれいにすることという指令が下った、ただ、当然ながら、冷たい川で水浴はせぬこと、ということなので、この指令の効力はだいぶ乏しかったのだが。大公夫妻には毎朝、入浴用に湯がたっぷりと届けられた、これを眺めて、自分の不潔さを嘆きながら、ああ、俺も大公になりてえな、と重いため息とともに呟く者もいた。マクシミリアン二世が手中にしている権力がほしいわけではない、そんな力を手に入れたところで、彼らにはどうすればよいかもわからないだろう、そうではなくて、ほしかったのは湯である、その用途については彼らも困らないだろう。

　リンツで上陸したその時、大公の頭の中では隊の新たな編成がすでに組まれていた、これはできるだけ効果を高くするためなのだが、ようするに自分の帰還に対するウィーン市民の気持ちを高めるための心理的効果である、なにしろウィーンは国の都、政治面でも鋭敏な感覚が必要な場所なのだ。それまで先頭としんがりに分かれていた胸甲騎兵たちは一つにまとめて、隊の先頭を歩かせることにした。そのすぐ後が象、そして大公は三番手と聞けば、これはアレヒン［アレクサンドル・アレヒン（一八九二―一九四六）。ロシア出身のチェスの名手］並みの名戦略と唸らずにはいられない。その目的がスレイマンに注目を集めるためなのは明白だが、それも道理、ウィーンっ子は大公夫妻をすでに見たことはあっても、象を見るのは初めてだからだ。リンツからウィーンまでは三十二レグアの距離があり、到着までに、二度、メルクとアムシュテッテンに泊まることになっていた、それぞれの旅程が短いのは、ウィーンに入る時には、みんな揃って元気溌剌でいるためだ。天気は麗しいとは言えなかった、雪はやまず、身を切る風も吹いていたが、それでも、イザルコとブレンナーを思えば、こんなのは楽園の道のごとしである、しかし、楽園では、必要な手続きを入り口で済ませた魂には一対の翼が支給されるはずで、そしてそれが唯一の移動手段であろうから、いったい天にも道があるかどうか疑問ではある。アムシュテッテンを出た一隊は、一路ウィーンへと向かう。村人たちはみんな大公を見ようと道沿いに集まったのだが、そこでうっすらと聞いたことのある動物に出くわして、至極当然な疑問も生じれば、たいそう滑稽な答えも生じることにもなった、たとえば、なぜ象は象というのかと男の子に訊ねられた祖父が、それは長い鼻があるからだよ、と答えていた。オーストリア人とは、いかに階級が下層の人間であっても、やはりただ者ではない、知るべきことは常に知っているのだ。さらに、この善良な人々の間では、知ったかぶりのだれかの入れ知恵のせいで、象がやってきた国では、自分たちが馬、ラバ、多くはロバを飼うように、一人一頭の象を飼っているらしいという話が広まってしまった、かの国ではみんな裕福で、あれだけ大きな動物でも養えるそうだ、と。ちょうど一隊は往来の真ん中で止まっているところだった、なぜだか朝食をいやがったスレイマンに餌をやらなければならなかったのである。あっという間にちょっとした人だかりができて、その真ん中でスレイマンが長い鼻を使って藁の束を口に入れ、外からは見えないがその口内の力強い臼歯で二度もぐもぐと嚙んで飲みこんでいるのを、みんなは想像しながら見物していた。ウィーンに近づくにつれ、少しずつではあるが、天気が良くなっていった。劇的な回復ということはない、相変わらず雲は低く垂れこめていたのだが、雪はやんでいた。このままだと、ウィーンの空は澄み渡り、太陽が光り輝くかもしれんぞ、とだれかが言った。そこまでいかずとも、旅の間のおおかたの空模様が、のちにワルツで知られることになるこの街くらいであれば、この旅もずいぶん違うものになっていたはずだ。近隣の村から男たち、女たちがやってきては歌や踊りを披露したがったため、一隊の足が止められることがしばしばあったのだが、大公妃がことのほかそれを喜ぶものだから、大公も父親のごとき鷹揚さでつきあってやった、しかたないさ、女というのはこういうのが好きなんだ、という今も昔も男たちに共通の態度である。地平線の向こうにウィーンの塔や丸屋根が見えてきた、街に入る門戸は両開きにされ、市民が通りや広場に出ていたが、そのだれもが大公ご夫妻をお出迎えするために一番の晴れ着を着こんでいた。象が到着したときのバリャドリードもこんな感じだったけれども、だいたいイベリア半島の人間は何につけ大はしゃぎする。子どものようなのだ。ここ、オーストリアのウィーンの人々の礼儀正しさはゲルマン風の教育の賜物であると、後々わかるだろう。権力者たちが次々に街にやってきたので、市民たちの間にはわれ知らずかしこまった空気が広がっていた。だが、トランプの束を懐に何組も隠し持ち、まさかという札を出してくるのが人生である。象は一定の歩調でゆっくりと歩いていた、目的地に着くためには、常に駆け足でいる必要はないと知っている者の歩みだ。すると、突然、女の子が、五歳くらいに見え、のちにやはり五歳とわかる子だが、両親と一緒に行列を眺めていたのに、母親の手を振りほどいて象のほうへと走り寄ってきた。次に起こる悲劇を予想した大勢がどよめいた、象の太い足で踏みつけられて押しつぶされる小さな身体が目に見えた、せっかくの大公殿下のご帰還が忌むべき不幸で汚される、ウィーンの紋章は血にまみれることだろう。みんなは、ソロモンのことを知らないのだ。ソロモンは、長い鼻を少女に巻きつけて抱きかかえ、まるで、新しい旗、あわやの瞬間に救った命の旗印であるかのように空中に持ち上げた。少女の両親は泣きながらソロモンに駆け寄り、命を救われた娘を受け取って抱き留め、周囲は拍手の嵐、感極まって涙をこらえきれない者もあちこちにいるかと思えば、パドヴァの聖アントニオ大聖堂の玄関前でソロモンが跪いたことも知らないままに、奇跡だ、と言う声がいくつも上がった。この劇的な大団円を締めるかのように、大公が馬車から降りてきた、同じく降りてこようとする大公妃に手を貸している、そして二人は、一緒に手を繋いで象のもとに行ったが、そこではまだ人だかりが英雄を称えていた、この日の英雄、いや、後々までずっと英雄となった象、少女を死の淵から救った象の話はこの先幾千回と語られ、いろいろな尾ひれもついて、今日まで語り継がれている。大公が近づいてきたことに気づいた人々は道を開け、静かになった。みんなの顔を見れば、深く心を動かされていることはすぐにわかったし、涙があふれて止まらずにいる者もいた。フリッツは下に降りて、大公を待った。大公はフリッツの前で立ち止まり、その目をまっすぐ見た。フリッツが頭を垂れると、その目の前に開いた右の手の平が差し出された。殿下、おそれ多いことです、と言ってフリッツは自分の両手を見せた、象の皮膚にずっと触れているので汚れた両手である、だが、それでも、象のほうがまだ清潔なくらいだった、自分が最後にいつ風呂に入ったかフリッツの記憶にはないほどだが、象は水たまりを見つけると水浴びをせずにはいられないのだから。大公が手を引っ込めないので、フリッツもそれに触れざるをえなかった、象遣いのたこだらけの分厚い手と、自らの手で衣服を着替えることもしない人間の柔らかで繊細な手が触れあった。そして大公が言った、よくぞ悲劇を回避してくれた、礼を言う。わたくしは何もしていません、殿下、上出来だったのはスレイマンです。いかにも、されど、そなたも手を貸したのであろう。できることはいたしました、殿下、そのための象遣いでございます。みなが自分のできることをすれば、この世はもっと良いものになるのだがな。まさに、お言葉のとおりでございます。苦しゅうない、世辞はいらぬ。おそれいります、殿下。ウィーンによく来てくれた、このウィーンがそなたとスレイマンにふさわしい街であることを願う、二者ともにここで幸福に暮らすがよい。その言葉を最後に、マクシミリアン二世は妃の手を引いて馬車へと戻っていった。カルロス五世の息女は、この時ふたたび懐妊していた。

象はその二年後に死んだ。これまた冬の話で、一五五三年の最後の月だった。死因は不明である、当時は血液検査、胸部レントゲン、内視鏡検査、ＭＲＩ、その他、今日の人間にはごく普通のものもなかったのだから当然、とはいえ動物はその限りではなく、額に手を当ててくれる看護師もいないまま死んでいくほうが今もって普通なのだが。ソロモンは皮を剥がれただけでなく、前脚を切られ、それは、洗ったり皮をなめしたりといった必要な処理を施されたあと、宮殿の入り口に置かれて杖や雨傘や日傘を立てるものとなった。跪いたところで、ソロモン自身にはなんのご利益もなかったのはご覧の通りだ。象遣いのスブッロは、未払い分の給金と、大公のはからいによるたっぷりの心づけを執事の手ずから渡されたので、それを元手に自分が乗る雌ラバを一頭と、数少ない所持品を入れた箱を運ぶロバ一頭を手に入れた。リスボンに戻ると言っていたが、ポルトガルに入国したという記録は残されていない。途中で考えを変えたか、あるいは死んだかしたのだろう。

数週間後、ポルトガルの宮廷に大公からの書簡が届いた。そこには、象のスレイマンが死んだこと、だがウィーン市民は象を決して忘れないであろう、なんといっても市に到着したその日に子どもの命を救ったのだから、といったことがしたためてあった。この書簡を最初に読んだのは秘書官のペロ・デ・アルカソヴァ・カルネイロで、それを国王に渡しながら口頭でも伝えた、陛下、ソロモンが死んだそうでございます。ジョアン三世は驚いて、痛ましげに顔を曇らせた。そして、王妃をこれへ、と命じた。カタリナ王妃のほうは、手紙はきっとわたくしにも関係のあることと思っていたわ、だれかの赤ん坊が産まれたのかしら、それとも結婚式かしら、と思いながらやってきた。赤ん坊でも結婚式でもないことは、夫の顔を見ればすぐにわかった。ジョアン三世は呟いた、従弟のマクシミリアンによると、ソロモンが。王妃はそこで言葉を遮ると、聞きとうございません、と叫んだ、聞きとうございません。そして自分の居室に走って帰ると閉じこもり、その日は一日中泣いて過ごした。

訳者あとがき

一五五一年、ソロモンという名のインド象がその肩に象遣いを乗せ、ウィーンを目指してリスボンから旅立った。この象も象遣いも、もとはインドからリスボンにその二年前にやってきたのだったが、当時のポルトガル国王ジョアン三世からオーストリア大公マクシミリアン二世への婚儀の祝いとして贈られることになったのだ。

十六世紀に象を輸送する手立てなどあるはずもなく、象と、象を護衛する一隊はひたすら歩いて移動する。彼らは、スペインに滞在していたマクシミリアン大公と途中で合流し、そこからは大公夫妻が乗る馬車とその一隊に付き従ってイタリアを抜け、冬のアルプスを越えて、ウィーンへとたどり着いたのである。

ジョゼ・サラマーゴがこの数奇な史実を知った経緯は冒頭に本人が記すとおりで、この出会いから本作『象の旅（原題はA Viagem do Elefante）』という小説が誕生した。

さて、ここに一本のドキュメンタリー映画がある。「ジョゼとピラール（José e Pilar）」と題されたこの映画は、二〇〇六年から二〇〇九年にかけてサラマーゴと妻のピラール・デル・リオの日常にミゲル・ゴンサルヴェス・メンデス監督が密着して撮影した作品である。映画が始まると、やがて観客はサラマーゴが小説の執筆準備にとりかかっていることを知る。傍らの編集者とおぼしき男性に小説の着想について語るサラマーゴの手には一枚の象の写真。そう、その小説こそ、本作『象の旅』である。サラマーゴは彼に象の生態についての情報収集を頼んでいて、それは「些末であればあるほどよい」、なぜなら「小さな事実が作品に命を吹きこむからだ」と説明している。

米国の作家、アーシュラ・K・ル＝グウィンが「とてつもなく可笑しい」（ガーディアン紙、二〇一〇年六月二十四日）と評したとおり、『象の旅』は風刺とユーモアに満ち満ちた喜劇である。だが、軽妙なこの喜劇は、八十三歳のサラマーゴが病を乗り越えて「生きて、書く」という並々ならぬ執念をもって完成したものだった。精力的に世界中を飛び回っていた彼が次第に生気を失っていく様子を、映画のカメラはつぶさにとらえる。やがて入院、数か月後に復帰を果たしたサラマーゴが「地位も名誉も得て、すべてを手に入れたと言われるが、私は時間がほしい。もっと、書いて、生きる時間が」と映画の中で語る姿は胸を打つ。

実は、私が本作『象の旅』を手に取ったのも、まさにこの映画がきっかけだった。ひょんなことから日本語字幕訳を任されることになったのだが、一度観て、たちまち魅了された。この映画が公開されるまでは、サラマーゴといえば舌鋒鋭く気難しい人物という印象が一般的だったと言えよう。ところが、映画で見せるその素顔は、年の離れた妻ピラールをこよなく愛し、彼女に甘え、周囲の人や家族を大事にして大事にされる、温かみに溢れる人だった。この作家のそれまでの人物像を覆したこの映画は、二〇一〇年十一月十八日、サラマーゴが世を去ってちょうど五か月後にポルトガルで公開されると、異例のロングランヒットを記録した。

本書について言えば、特に歴史を知らずとも楽しめるのであるが、少々背景を補っておこう。ポルトガルのバルトロメウ・ディアスが喜望峰を発見して大航海時代の幕を開けたのが一四八八年、この象の旅より約六十年前のことである。サラマーゴの筆にかかるとどうにも頼りなく見えるジョアン三世であるが、彼の治世下のポルトガルは世界の海を制覇し、国外の拠点を次々に増やしていた絶頂期にあった。また、作中にも出てくるように、異端審問所を開設するなどして強権的な政治手腕をふるった国王でもあった。ちなみに、日本に初めてキリスト教をもたらしたザビエルも、ジョアン三世の命により東方に渡ったイエズス会士の一人である。

とはいえ、ポルトガルがいかに勇壮な大航海を成功させても、植民地からの富をたっぷりと得ていても、しょせんはイベリア半島の西の果ての小国。神聖ローマ帝国皇帝カルロス五世を国王に戴き、勢力をふるっていた隣国スペインの脅威に常に曝されていたし、首都リスボンは、栄華を極めるハプスブルク家の拠点である華やかな都ウィーンとは比べようもない田舎都市だったろう。本書では、そうしたポルトガルの「立ち位置」を自虐的に皮肉ったサラマーゴの茶々も散見される。

作中でも明かされているが、サラマーゴは結局、この旅についての情報をほとんど入手できなかったと言う。ウィーンに着いてからの象の逸話は容易に見つかるのだが、リスボンを出発後、まずはマクシミリアン二世が摂政として滞在していたスペインのバリャドリードに向かったことと、カタルーニャの港からジェノヴァまで船で渡ったという事実のほかは、道中に何があったかなどについてはわからなかったらしい。そこで、サラマーゴは大いに想像力を羽ばたかせ、象が訪ねる先々での出来事を克明かつ鮮やかに描きあげた。登場するのは、なんの知識もないくせに、象を自分たちの身勝手な解釈に押し込めて喜んだり恐れたり、あわよくば利用しようとしたりする人間たちである。人間の愚かしさと、人間の理性なるものの脆弱さを常々描いてきたサラマーゴだが、本書ではそこに憐れみを含んだ温情とユーモアを添えている。狂言回しといえる役割を担うのは、インドからリスボンまでソロモンに伴ってきて、さらにはウィーンまでも共に旅をすることになった象遣いのスブッロだが、ヨーロッパの風習からも宗教からも距離を置いた彼の視点は読者にも気づきを促す。語り手はサラマーゴ本人で、時おり顔を出しては痛烈な皮肉を飛ばしたり、現実的な意見を挿入したりもして、巧みに読者を誘導し、笑いを誘う。

　途方もない距離を歩きとおしたソロモンは、その死後、どういう扱いを受けたのか。それを知ったサラマーゴは、「これは文学だ」と確信したという。この『象の旅』とは人の一生のメタファーなのだと述べたサラマーゴの深い諦念が、本書の短い最終章に凝縮されている。

　サラマーゴは、一九二二年十一月十六日、ポルトガルのアレンテージョ地方にあるアジニャガという小村に生まれたが、仕事を求めた両親に連れられて幼い時分にリスボンに移住した。しかしリスボンでも一家は赤貧状態で、サラマーゴは満足に学校に通えなかった。育った家には本など一冊もなかったと言うが、本人の知識欲、読書欲は止まるところを知らず、若いころは仕事の後に市立図書館に通ってあらゆる本をむさぼり読んだ。一九八四年に『リカルド・レイスの死の年』（岡村多希子訳、彩流社、二〇〇二年）を出版したサラマーゴだが、ある時期まではリカルド・レイスが詩人フェルナンド・ペソーアの異名とは知らないまま、その作品を耽読していたと言う。学校に通わなかったので、その事実を知る機会が人より遅れたのだ。機械工などさまざまな職を経たのちに物を書く仕事に移り、一九四七年に二十五歳で『罪の土地（Terra do Pecado）』という小説を上梓したが、その後はジャーナリストとなり最終的にはポルトガルの主要紙「ディアリオ・デ・ノティシアス」の副主幹にまでなった。四十年以上もの長きにわたりポルトガルを支配したファシズム政権を終結させた一九七四年の「カーネーション革命」の一端をジャーナリストとして支えたという自負があったサラマーゴだが、揺れ動く政局の混迷に巻き込まれて、革命の翌年に失職する。次の職は探さず、専業作家として身を立てる決意をしたこの時、彼はすでに五十歳を過ぎていた。『罪の土地』から三十年を経て長篇第二作『絵画と書の手引き（Manual de Pintura e Caligrafia）』（一九七七年）を発表してからは精力的に執筆活動をつづけ、一九八二年に出した『修道院回想録』（谷口伊兵衛／ジョヴァンニ・ピアッザ訳、而立書房、一九九八年）が国外でも高い評価を受けて作家としての名声を確立した。さらに一九九五年に出版した『白の闇』（雨沢泰訳、初訳はNHK出版、二〇〇一年）が国内外でベストセラーとなったのち、一九九八年にポルトガル語圏で初のノーベル文学賞を受賞した（二〇二一年現在においても唯一のポルトガル語圏作家の受賞者である）。当然、この受賞はポルトガルでも大ニュースとなったのだが、この前にサラマーゴは「自主亡命」と称して一九九三年にスペインのカナリア諸島にあるランサローテ島に移り住んでいる。イエス・キリストを生身の人間とし、その視点から聖書世界を描いた『イエス・キリストによる福音書（O Evangelho segundo Jesus Cristo）』（一九九一年）がポルトガルの教会関係者の逆鱗に触れたため、政府関係者がヨーロッパ文学賞のポルトガル代表候補作からこの本を外させたことにサラマーゴは激怒し、祖国を去る決意を固めたと言われている（後年、ポルトガル政府とは和解した）。サラマーゴは、『象の旅』の後、さらに『カイン（Caim）』という、今度は旧約聖書を語りなおす小説を二〇〇九年に発表しふたたび大議論を巻き起こして意気軒高さを見せつけたのだが、翌年の二〇一〇年六月十八日に、ランサローテ島の自宅で亡くなった。

サラマーゴはノーベル文学賞を受賞した翌年の一九九九年に、ポルトガル語圏の三十五歳以下の作家によるフィクション作品を対象とした「ジョゼ・サラマーゴ文学賞」を設立した。日本でも作品が紹介されているジョゼ・ルイス・ペイショット、ゴンサロ・Ｍ・タヴァレスを含む、ポルトガル、ブラジル、アンゴラの受賞作家たちはこれを足掛かりにして大いに活躍している。さらに、ペイショットは、サラマーゴ作品へのオマージュでもあり、サラマーゴやピラールも登場する『自伝（Autobiografia）』を二〇一九年に上梓し評判を呼んだ。先述のとおり、彼が近しい人たちに深く慕われていた証の一つと言えるだろう。

サラマーゴ作品の邦訳は、前掲のほかにも『見知らぬ島への扉』（黒木三世訳、アーティストハウス、二〇〇一年）、『あらゆる名前』（星野祐子訳、彩流社、二〇〇一年）、『複製された男』（阿部孝次訳、彩流社、二〇一二年）、『ちっちゃな回想録』（近藤紀子訳、彩流社、二〇一三年）が出版されてはいるものの、近年は途絶えていた。それが、人々の視界を真っ白にする奇病が蔓延する世界を描いた『白の闇』が二〇二〇年の春に文庫化（河出書房新社）され、それが奇しくも新型コロナウィルスの感染流行が始まった時期と重なったことから、同書が世界中でふたたびベストセラーとなったのと時を同じくして日本でも多くの読者を得た。病気の流行を喜ぶことはできないが、サラマーゴという作家が日本でも世界でも読み直される契機となったことは事実だろう。今年（二〇二一年）には、本書のほかにも『だれも死なない日』（雨沢泰訳、河出書房新社）が出版された。『象の旅』の邦訳のきっかけとしては、二〇二〇年の映画祭「ＥＵフィルムデーズ」でサラマーゴ没後十年を記念して「ジョゼとピラール」がオンライン上映され、好評を博したことも大きかったが、なんといっても、サラマーゴは、前出のル＝グウィンの言葉を借りれば「私たちの先を行く作家」であり、「その作品は未来に属する」のだ。作中で、人生とは「喝采と忘却」だとスブッロは言うが、サラマーゴにその言葉は当てはまらない。これからも、思いもかけない驚きをもたらしてくれるような気がする。

本書はPorto Editora社から二〇一四年に出版された“A Viagem do Elefante”を底本として翻訳し、英語版“The Elephant's Journey”（マーガレット・ジュル・コスタ訳）も適宜参照した。また、訳出にあたっては、サラマーゴが縦横無尽に投入してくる多種多様な「ネタ」に立ち向かうため、多くの方々のお力をお借りした。ポルトガルという国のアイデンティティを象徴するといわれる感情、「サウダーデ」の注釈については渡辺一史さん、音楽にまつわる話題に関しては中村ひろ子さんと武部浩子さんにご助言いただき、ドイツ語の読み方は曽我晶子さんにご協力を仰いだ。また、サラマーゴ独特の文体の解釈には、清水ユミさんに多くをご指南いただいた。今回は、いつもに増して我が身の浅学に恥じ入りつつ博識の友を持つ幸運に感謝しながらの作業となった。また、邦訳の機会を下さった書肆侃侃房のみなさん、特に編集部の藤枝大さんにも深く感謝する。

最後に、映画「ジョゼとピラール」の監督であり、友人のミゲル・ゴンサルヴェス・メンデスにも心からのお礼を述べたい。ミゲルは、サラマーゴの大ファンで「これほど愛のある作品を書く作家が、世間で言われるほど冷たい人であるはずがない」と固く信じてドキュメンタリーの撮影をいきなり本人に申し込んだという強者である。何度断られてもあきらめず、ついに根負けしたサラマーゴから少しずつ許可を得て、最終的にはプライベートな日常までをもカメラに収めるに至ったのは、ミゲルの愛と根気と人柄によるところが大きかったはずだ。そして、三十歳にも満たぬ、まだ無名の監督をそこまで信頼したという事実を思うと、サラマーゴの懐の深さがあらためて感じられる。サラマーゴ亡きあと、ポルトガルに居を移して「ジョゼ・サラマーゴ財団」の代表を務めるピラールと監督は、現在も親しい付き合いが続いているようだ。

『象の旅』の邦訳の報をことのほか喜んだミゲル・ゴンサルヴェス・メンデス監督からは、日本の読者に自らの動画チャンネルで公開している日本語字幕入りの「ジョゼとピラール」をぜひ観てほしいという伝言を預かっている。彼が日本語を解さないため、完全版でない字幕を使ってしまっているのが訳者としては残念なのだが、この作品全体の魅力を損なうほどではないので、不完全であることは留意の上で、ぜひご覧いただきたい。YouTubeチャンネルで「Jose e Pilar Japanese Subtitles」で検索をかければ見つかるだろう。監督は、これからサラマーゴの問題作『イエス・キリストによる福音書』を撮影する予定だと聞いている。今から完成作を観るのが楽しみで仕方ない。

二〇二一年八月

木下眞穂

■著者プロフィール

ジョゼ・サラマーゴ（José Saramago）

1922年、ポルトガルの小村アジニャガに生まれる。様々な職業を経てジャーナリストとなり50代半ばで作家に転身。『修道院回想録』（82）、『リカルド・レイスの死の年』（84）、『白の闇』（95）で高い評価を得て、98年にノーベル文学賞を受賞。ほかに『あらゆる名前』（97）、『複製された男』（2002）など。2010年没。

■訳者プロフィール

木下眞穂（きのした・まほ）

上智大学ポルトガル語学科卒。ポルトガル語翻訳家。訳書に『ブリーダ』（パウロ・コエーリョ）、『忘却についての一般論』（ジョゼ・エドゥアルド・アグアルーザ）、『エルサレム』（ゴンサロ・M・タヴァレス）など。『ガルヴェイアスの犬』（ジョゼ・ルイス・ペイショット）で2019年に第5回日本翻訳大賞を受賞。

象の旅

2021年10月6日　第1刷発行
2023年 2 月6日　第3刷発行

著者　ジョゼ・サラマーゴ
訳者　木下眞穂
発行者　田島安江
発行所　株式会社 書肆侃侃房（しょしかんかんぼう）
〒810-0041 福岡市中央区大名2-8-18-501
TEL 092-735-2802FAX 092-735-2792
http://www.kankanbou.com
info@kankanbou.com

編集　藤枝大
DTP　黒木留実
印刷・製本　モリモト印刷株式会社

©José Saramago, Maho Kinoshita 2021 Printed in Japan
ISBN978-4-86385-481-9 C0097

落丁・乱丁本は送料小社負担にてお取り替え致します。

本書の一部または全部の複写（コピー）・複製・転訳載および磁気などの記録媒体への入力などは、著作権法上での例外を除き、禁じます。